KEVIN J. ANDERSON & REBECCA MOESTA
STAR WARS
Young Jedi Knights 2
Akademie der Verdammten

Buch

Brakiss, ein abtrünniger Schüler Luke Skywalkers, entwickelt sich zu einer großen Bedrohung für die Neue Republik: Der Dunkle Jedi gründet eine Gegenakademie, an der er Schüler darin unterweist, die dunkle Seite der Macht auszuüben. Um seine ehrgeizigen Ziele schneller zu erreichen, will Brakiss die Zwillinge Jacen und Jaina entführen und auf seine Seite ziehen ...

Autoren

Kevin J. Anderson, Jahrgang 1962 und studierter Physiker, ist einer der populärsten Science-fiction-Autoren. Er wurde durch seine STAR-WARS-Romane und -Anthologien international bekannt. Mit seiner jungen Co-Autorin Rebecca Moesta arbeitet er unterdessen an neuen Erfolgstiteln der YOUNG-JEDI-KNIGHTS.

Aus dem Star-Wars-Universum sind
bei Goldmann bereits
erschienen:

George Lucas: STAR WARS. Krieg der Sterne (24765) • Donald F. Glut: STAR WARS. Das Imperium schlägt zurück (24764) • James Kahn: STAR WARS. Die Rückkehr der Jedi-Ritter (24762) • Alan Dean Foster: STAR WARS. Skywalkers Rückkehr. Roman (25009) • Kevin J. Anderson (Hrsg.): STAR WARS. Sturm über Tatooine (43599) • STAR WARS. Palast der dunklen Sonnen (43777) STAR WARS. Kopfgeld auf Han Solo (25008) • Timothy Zahn: STAR WARS. Erben des Imperiums. Roman (41334) • Die dunkle Seite der Macht (42334) • Das letzte Kommando (42415) • Brian Daley: STAR WARS. Han Solos Abenteuer. Drei Romane in einem Band (23658) • L. Neil Smith: STAR WARS. Lando Calrissian – Rebell des Sonnensystems. Drei Romane in einem Band (23684) • Michael Stackpole: STAR WARS. X-Wing – Angriff auf Coruscant. (43158) • Die Mission der Rebellen (24766) • Die teuflische Falle. Roman (24801) • Bacta-Piraten. Roman (24819) • Kevin J. Anderson & Rebecca Moesta: STAR WARS. Young Jedi Knights 1: Die Hüter der Macht (24873) • Young Jedi Knights 2: Akademie der Verdammten (24874)

Weitere Bände in Vorbereitung

**KEVIN J. ANDERSON
& REBECCA MOESTA**

AKADEMIE DER VERDAMMTEN

Roman

Aus dem Amerikanischen
von Michael Iwoleit

GOLDMANN

Die amerikanische Originalausgabe erschien 1995
unter dem Titel
»STAR WARS – Young Jedi Knights. Shadow Academy«
bei Berkley Books US, Inc.

Umwelthinweis:
Alle bedruckten Materialien dieses Taschenbuches
sind chlorfrei und umweltschonend.
Das Papier enthält Recycling-Anteile.

Deutsche Taschenbuchausgabe 10/98
Copyright © 1995 by Lucasfilm Ltd.
All rigths reserved
Copyright © der deutschsprachigen Taschenbuchausgabe 1998
by Wilhelm Goldmann Verlag
in der Verlagsgruppe Bertelsmann GmbH München
Lizenzausgabe mit freundlicher Genehmigung von
Copyright Promotions GmbH, Ismaning
Copyright © der deutschen Übersetzung bei
vgs verlagsgesellschaft, Köln
Umschlaggestaltung: Design Team München
Umschlagmotiv: vgs/Papen Werbeagentur Köln
Satz: deutsch-türkischer fotosatz, Berlin
Druck: Elsnerdruck, Berlin
Verlagsnummer: 24874
V. B. · Herstellung: Peter Papenbrok
Printed in Germany
ISBN 3-442-24874-4

1 3 5 7 9 10 8 6 4 2

*Unseren Brüdern und
Schwestern ...*

Mark – der seit meiner Kindheit mein Held war. Ein wahrer Jedi-Ritter, immer bereit, anderen zu Hilfe zu eilen.

Cindy – die immer auf mich aufgepaßt hat. Du hast mir gezeigt, daß man durch Einsatz und Entschlossenheit erreicht, was man will, nicht durch Abwarten.

Diane – die meinen Horizont erweitert hat. Danke, daß du mich gezwungen hast, mir alle Monster- und Helden-Filme anzusehen, die es gibt.

Scott – der alle Bücher tolerierte, die ich ihm vorlas. Danke, daß er mich im Mai 1977 auf einen Film aufmerksam machte, den ich mir unbedingt ansehen müsse – *Star Wars*.

Rebecca Moesta

Und *Laura* – weil sie sich nie mit mir gestritten, immer Verständnis gezeigt (nur ein Scherz!) und mich mit einem reichen Erfahrungsschatz versorgt hat, von dem ich beim Schreiben zehren kann.

Kevin J. Anderson

Danksagung

Wir möchten Lil Mitchell für ihre unermüdliche Tipparbeit danken und weil sie uns angetrieben hat, ihr immer schneller ein Kapitel nach dem anderen abzuliefern. Dave Wolverton danke für seine Auskünfte über Dathomir, Lucy Wilson und Sue Rastoni bei Lucasfilm für ihre beharrliche Unterstützung, Ginjer Buchanan und Lou Aronica bei Berkley/Boulevard für ihren anhaltenden Enthusiasmus, Jonathan MacGregor Cowan, weil er sich als Testleser zur Verfügung gestellt hat … und Skip Shayotovich, Roland Zarate, Gregory McNamee und die ganze *Star-Wars*-ImagiNet-Echo-Mailbox, die uns bei den Witzen behilflich waren.

1

Jacen packte das Lichtschwert und fühlte das angenehme Gewicht in seinen schweißnassen Händen. Seine Kopfhaut kribbelte unter dem wirren braunen Lockenschopf, als er spürte, wie sein Feind näher kam. Näher und immer näher ... Er atmete langsam ein und streckte einen leicht zitternden Finger aus, um den Knopf am Griff zu drücken.

Mit einem summenden Zischen erwachte der kalte Metallgriff zum Leben und verwandelte sich in ein Schwert aus glühender Energie. Das tödliche Lichtschwert pulsierte und vibrierte in seinen Händen wie ein lebendiges Wesen.

Jacens drahtige Gestalt wirkte angespannt, als er mit einer Mischung aus Furcht und Erregung auf den Angriff wartete. Er versuchte, sich seinen Gegner vorzustellen, und für einen Moment bedeckten seine zuckenden Lider die glänzenden braunen Augen.

Ohne Vorwarnung hörte er von oben das Brummen eines Lichtschwerts niederfahren.

Jacen wirbelte gerade noch rechtzeitig herum, um den Hieb mit seinem eigenen Lichtschwert zu parieren. Die tiefrot pulsierende Energie der gegnerischen Waffe erfüllte sein Sichtfeld, als die beiden glühenden Klingen um die Vorherrschaft stritten.

Jacen wußte, daß er in Kraft und Größe bei weitem unterlegen war und sein ganzes Geschick erforderlich sein würde, um dieses Zusammentreffen zu überleben. Seine Arme schmerzten von der Wucht des gegnerischen Hiebes, daher nutzte er kurz entschlossen den Vorteil seiner geringeren Größe, tauchte unter dem Arm seines Gegners weg und tänzelte außer Reichweite.

Der Angreifer kam auf ihn zu, aber Jacen war klug genug, ihn nicht noch einmal so nah heranzulassen. Das rubinrote Glühen zuckte in seine Richtung, doch diesmal war er vorbereitet. Er parierte den Schlag, lenkte ihn mit seiner eigenen Klinge nach links ab, bevor er zurückwich und den nächsten Hieb abblockte.

Angriff und Gegenangriff. Hieb. Parade. Blocken. Die Lichtschwerter knisterten und zischten, während sie immer wieder aufeinandertrafen.

Obwohl es in dem Raum kühl und feucht war, rann Jacen der Schweiß übers Gesicht, lief ihm in die Augen und machte ihn fast blind. Er sah den roten Lichtbogen gerade noch rechtzeitig und duckte sich weg, um ihm auszuweichen. Ein freches, schiefes Grinsen trat ihm auf die Lippen. Langsam begann ihm die Sache Spaß zu machen. Steinsplitter flogen ihm um die Ohren, als die tödliche rubinrote Klinge unmittelbar über seinem Kopf die niedrige Decke streifte.

Jacens Grinsen verblaßte, als er einen Schritt zurückweichen wollte und die kalten Steinblöcke spürte, die sich gegen seine Schulterblätter drückten. Er parierte einen weiteren Hieb, sprang zur Seite und prallte gegen die nächste Felswand.

Er saß in der Falle. Eine eisige Faust der Furcht umklammerte seinen Magen. Jacen sackte auf ein Knie und riß die Klinge hoch, um den nächsten Schlag abzuwehren. Ein Geräusch wie ein Donnerschlag echote durch die Kammer ...

Jacen schlug die Augen auf und sah seinen Onkel Luke in der Tür stehen, der sich gerade räusperte. Erschrocken fummelte Jacen am Lichtschwert herum, bis es ihm endlich gelang, es auszuschalten. Der erloschene Griff entglitt seinen fahrigen Händen und landete mit einem lauten Klirren auf den Steinfliesen.

Der strohblonde, schwarzgewandete Jedi-Meister schritt in

das Privatzimmer, das ihm in der Akademie sowohl als Büro wie als Meditationsraum diente. Er streckte die Hand nach dem Lichtschwert aus, und die Waffe flog, wie von einem Magnet angezogen, in seine Handfläche.

Jacen schluckte, als Master Luke Skywalker ihn mit einem ernsten Blick ansah. »Entschuldige, Onkel Luke«, plapperte Jacen hervor. »Ich bin hergekommen, um dich um Hilfe zu bitten, und weil du nicht hier warst, dachte ich mir, ich warte auf dich, und dann sah ich dein Lichtschwert auf dem Schreibtisch liegen, und du hast mir ja gesagt, daß ich noch nicht soweit bin, da habe ich mir gedacht, es kann nicht schaden, wenn ich ein bißchen übe. Also habe ich es mir genommen, und dann ist es wohl einfach mit mir durchgegangen ...«

Luke hob eine Hand, um jede weitere Rechtfertigung zu unterbinden. »Die Waffe eines Jedi sollte nicht leichtfertig in die Hand genommen werden«, sagte er.

Jacen spürte, wie sich bei diesem milden Tadel seine Wangen röteten. »Aber ich bin mir *ganz* sicher, daß ich lernen könnte, mit einem Lichtschwert umzugehen«, verteidigte er sich. »Ich bin alt genug, und ich bin groß genug, und ich habe in meinem Zimmer mit einem Stück Rohr geübt, das mir Jaina gegeben hat – ich bin sicher, ich könnte es schaffen.«

Luke schien einen Moment lang darüber nachzudenken, dann schüttelte er langsam den Kopf. »Dafür ist noch Zeit genug, wenn du bereit bist.«

»Aber ich bin jetzt bereit«, protestierte Jacen.

»Noch nicht«, sagte Luke mit einem traurigen Lächeln. »Die Zeit kommt noch früh genug.«

Jacen stöhnte vor Ungeduld. Es hieß immer *Später,* immer *Irgendwann einmal,* immer *Wenn du älter bist vielleicht.* Er seufzte. »Du bist der Lehrer. Ich bin der Student, also muß ich wohl auf dich hören.«

Luke lächelte und schüttelte den Kopf. »Na, sei vorsichtig –

du darfst nicht einfach davon ausgehen, daß ein Lehrer immer recht hat. Du mußt selbst denken. Manchmal machen auch wir Lehrer Fehler. Aber in diesem Fall *habe* ich recht: Du bist noch nicht bereit für ein Lichtschwert.«

»Glaub mir, ich weiß, wie es ist, zu warten«, fuhr Luke fort. »Aber Geduld kann ein ebenso starker Verbündeter sein wie eine Waffe.« Er zwinkerte mit den Augen. »Solltest du dir im Moment nicht über wichtigere Dinge Gedanken machen als über imaginäre Lichtschwert-Duelle – zum Beispiel über deine Reisevorbereitungen? Müssen deine Haustiere nicht gefüttert werden?«

»Ich habe schon gepackt, und die Tiere werde ich kurz vor unserer Abreise füttern«, sagte Jacen und dachte an die Menagerie von Haustieren, die er seit seiner Ankunft auf dem Dschungelmond gesammelt hatte. »Aber eigentlich bin ich ja auch hergekommen, um mit dir über die Reise zu reden.«

Luke hob die Augenbrauen. »Ja?«

»Ich ... ich dachte, du könntest vielleicht mit Tenel Ka reden und sie davon überzeugen, daß sie uns zu Lando Calrissians Förderstation begleiten muß.«

Luke zog die Stirn in Falten und wählte seine Worte mit Bedacht. »Warum ist es so wichtig, daß sie ihre Meinung ändert?«

»Weil Jaina und Lowbacca und ich auch mitkommen«, sagte Jacen, »und ... und weil es einfach nicht dasselbe wäre ohne sie«, fügte er mit leiser Stimme hinzu.

Lukes Gesicht entspannte sich, und seine Augen funkelten vor Heiterkeit. »Weißt du, es ist nicht so einfach, eine Kriegerin von Dathomir umzustimmen, die über die Macht verfügt«, sagte er.

»Aber es ergibt doch keinen Sinn, daß sie zurückbleiben will«, rief Jacen. »Sie hat die dumme Entschuldigung vorgeschoben, daß es langweilig wäre – sie sagte, sie sei sicher, daß

Corusca-Gemmen um keinen Deut schöner sind als Regenbogensteine von Gallinore, und von denen hat sie jede Menge gesehen. Aber sie klang überhaupt nicht gelangweilt; sie klang besorgt oder nervös.«

»Wir müssen selbständig denken«, sagte Luke, »und manchmal bedeutet das, schwierige oder unpopuläre Entscheidungen zu fällen.« Luke legte Jacen einen Arm um die Schulter und führte ihn zur Tür. »Geh jetzt deine Tiere füttern. Ich wünsche dir eine gute Reise zur Gemmentaucher-Station – und mach dir keine Gedanken, Tenel Ka hat gute Gründe.«

Tenel Ka schreckte aus dem Schlaf. Zitternd und schweißgebadet starrte sie auf die grobgehauenen Steinwände ihres kühlen Quartiers. Strähnen ihres kupferroten, sonst so ordentlich geflochtenen Haars hingen ihr ins Gesicht. Die Bettlaken waren um ihre Beine gewickelt, als hätte sie im Schlaf zu laufen versucht.

Schließlich erinnerte sie sich an ihren Traum. Sie war wirklich gelaufen – vor schwarzgewandeten, schattenhaften Gestalten mit purpurrot gesprenkelten Gesichtern davongelaufen. Verschwommene Erinnerungen an Geschichten, die ihre Mutter ihr als Kind erzählt hatte, wirbelten durch ihr vom Schlaf benebeltes Hirn. Sie hatte diese furchterregenden Gestalten nie zuvor gesehen, aber sie wußte, was sie waren – Hexen von Dathomir, die sich auf die dunkle Seite der Macht geschlagen hatten, um ihre finsteren Absichten zu verfolgen.

Die Schwestern der Nacht.

Aber die letzte der Schwestern der Nacht war lange vor Tenel Kas Geburt unschädlich gemacht und vertrieben worden. Warum sollte sie jetzt von ihnen träumen? Die einzigen, die auf Dathomir noch über die Macht geboten, nutzten die Mächte der hellen Seite.

Warum diese Alpträume? Warum jetzt?

Stöhnend schloß sie die Augen und sank in ihr Kissen zurück, als ihr klar wurde, welcher Tag heute war. Heute würde die Matriarchin des Königlichen Hauses von Hapes ihrer Enkelin Tenel Ka, rechtmäßige Erbin des Throns, eine Gesandte zu Besuch schicken. Und es war ihr nicht recht, wenn ihre Freunde erfuhren, daß sie eine Prinzessin war ...

Die Gesandte Yfra ... Tenel Ka lief es kalt den Rücken herunter, wenn sie an den eisernen Willen ihrer Großmutter und deren Gesandte dachte, Frauen, die lügen oder sogar töten würden, um ihre Macht zu behaupten – auch wenn ihre Großmutter nicht mehr über Hapes herrsche. Tenel Ka schüttelte in schmerzlicher Belustigung den Kopf. Kein Wunder, daß sie von den Schwestern der Nacht geträumt hatte.

Obwohl die Bewohner von Dathomir, dem unterentwickelten Heimatplaneten ihrer Mutter, und von Hapes, der feudalen Heimatwelt ihres Vaters, Lichtjahre trennten, waren die Parallelen zwischen den Politikerinnen von Hapes und Dathomirs Schwestern der Nacht offenkundig: Alle waren sie machthungrige Frauen, die vor nichts zurückschrecken würden, um die Macht zu erhalten, die sie ersehnten.

Tenel Ka stemmte sich in eine sitzende Position hoch. Die Vorstellung, sich mit der Gesandten Yfra zu treffen, gefiel ihr ganz und gar nicht. Das einzig Positive daran war überhaupt nur, daß ihre Freunde nicht zugegen waren und nichts davon mitbekommen würden. Jacen, Jaina und Lowbacca würden schon vor dem Eintreffen der Gesandten weit fort von hier sein, auf Lando Calrissians Gemmentaucher-Station. Sie würden keinen Anlaß haben, sich zu fragen, warum ihre Freundin, die eine einfache Kriegerin von Dathomir zu sein behauptete, von einer Gesandten des Königshauses von Hapes Besuch erhielt. Und Tenel Ka war noch nicht soweit, ihnen das zu erklären.

Wie auch immer, sie konnte nicht einfach hier im Bett liegenbleiben. Sie mußte aufstehen und sich allem stellen, was der Tag ihr brachte. Das Treffen war unausweichlich. »Das«, sagte sie, schlug die Decke zurück und erhob sich, »ist eine Tatsache.«

Jaina und Lowbacca saßen mitten in Jainas Studentenquartier, umgeben von einer holographischen Karte des Yavin-Systems.

»Das müßte gehen«, sagte Jaina. Ihr glattes schulterlanges Haar schwang nach vorn wie ein Vorhang, verhüllte teilweise ihr Gesicht, als sie sich vorbeugte, um das Eingabefeld ihres Holoprojektors zu studieren. Sie hatte den Projektor selbst gebaut, hatte ihn aus ihrem Privatvorrat an Elektronikmodulen, Bauteilen, Kabeln und anderem technischen Zubehör Stück für Stück zusammengesetzt. Die zahllosen Kisten und Schubladen, in denen sie ihr wohlsortiertes Ersatzteillager aufbewahrte, nahmen eine ganze Wand ihres Quartiers in Anspruch.

»Ganz schön beeindruckend, was, Lowie?« fragte Jaina und warf dem rötlichgelb behaarten Wookiee ein schiefes Grinsen zu. Sie deutete auf die über ihren Köpfen schwebende Kugel, die den riesigen Gasplaneten Yavin darstellte.

Lowbacca zeigte auf das Bild eines kleinen grünen Mondes, das unmittelbar über seiner linken Schulter im Orbit des großen orangefarbenen Planeten kreiste. Er gab ein fragendes Grunzen von sich.

»Ähem«, sagte der Mini-Übersetzer-Droide MTD an Lowies Gürtelschnalle, als wolle er sich räuspern. MTD war annähernd oval geformt, gewölbt auf der Vorder- und glatt auf der Rückseite, mit unregelmäßig angeordneten optischen Sensoren und einem breiten Lautsprechergitter in der Mitte. »Master Lowbacca wünscht zu wissen«, fuhr der Mini-Droide fort, »ob die Kugel, auf die er deutet, den Mond Yavin 4 darstellt, unseren augenblicklichen Standort.«

»Richtig«, sagte Jaina. »Der Gasplanet Yavin hat mehr als ein Dutzend Monde, aber ich habe noch nicht alle in das Programm implementiert. Was ich vor allem sehen wollte«, fügte sie hinzu, »war die Flugbahn, der wir folgen werden, wenn Lando uns auf die Förderstation in den oberen Atmosphäreschichten von Yavin mitnimmt.«

Lowie grunzte einen Kommentar, und Jaina wartete geduldig, während der Übersetzer-Droide ihn für sie interpretierte.

»Natürlich ist es *ein bißchen* gefährlich«, erwiderte sie und rollte gereizt die braunen Augen, »aber nicht sehr. Und außerdem sollte man sich eine solche Gelegenheit nicht entgehen lassen. Lando läßt uns bei einigen Fördereinsätzen mithelfen, nicht bloß zuschauen«, sagte Jaina und deutete auf einen Punkt unmittelbar über der leuchtenden Oberfläche von Yavin.

Lowbacca langte nach dem Eingabefeld des Holoprojektors und drückte ein paar Knöpfe. Sekunden später erschien ein winziges metallisches Objekt nahe der Oberfläche: die Gemmentaucher-Station.

»Angeber«, sagte Jaina und kicherte über die Geschwindigkeit, mit der Lowie die Holo-Karte programmiert hatte. »Ich sag dir was: Von jetzt an baue ich die Geräte zusammen, und du programmierst sie – was hältst du davon?«

Lowie tat so, als putze er sich, und gab mit einem Brummen sein Einverständnis zu erkennen, während er sich mit einer Hand die schwarze Strähne glattstrich, die von der Stirn bis auf den Rücken sein Fell durchzog.

In diesem Moment stürmte Jacen zur Tür herein. »Sie sind da«, rief er atemlos. »Ich meine, *so gut wie* da. Sie sind im Anflug. Ich war gerade im Kontrollraum und habe gehört, daß die *Lady Luck* bald landen wird.« Die Blicke zweier Augenpaare – beide von der Farbe corellianischen Brandys – trafen sich in einer Mischung aus Aufregung und Vorfreude.

»Also los«, sagte Jaina, »worauf warten wir noch?«

Jaina sah voller Bewunderung Lando Calrissian die Rampe der *Lady Luck* herunterschreiten. Ein smaragdgrüner Umhang bauschte sich hinter ihm, und er hatte ein breites Lächeln auf dem dunklen, markanten Gesicht. Sein ständiger Begleiter, der kahle Cyborg-Assistent Lobot, folgte ihm die Laufplanke herunter und blieb steif an seiner Seite stehen.

Lando begrüßte Jaina mit einem galanten Handkuß, bevor er sich mit einer förmlichen Verbeugung ihrem Zwillingsbruder Jacen und Lowie zuwandte. Dann klopfte er Luke Skywalker auf die Schulter, der zur Begrüßung der *Lady Luck* erschienen war, im Schlepptau seinen tonnenförmigen Droiden R2-D2.

»Paß gut auf sie auf, Lando«, sagte Luke. »Keine unnötigen Risiken, ja?« R2-D2 gab einige piepsende und pfeifende Geräusche von sich, um seine Zustimmung auszudrücken.

Lando sah Luke an und machte ein beleidigtes Gesicht. »He, du denkst doch nicht etwa, ich würde diese Kids irgend etwas machen lassen, was ich nicht für absolut sicher halte?«

Luke grinste und klopfte Lando freundschaftlich auf die Schulter. »In der Tat. Genau das denke ich.«

»Du hast nur Angst, daß sie, wenn sie erst einmal meine Gemmentaucher-Station gesehen haben, nicht mehr in deine Jedi-Akademie zurückkehren wollen«, scherzte Lando.

Nachdem er Lowie und Jacen mit einer schwungvollen Bewegung seines Umhangs die Rampe hinaufgescheucht hatte, beugte sich Lando Calrissian zu Jaina herab: »Und was kann ich tun, damit diese Exkursion für die junge Dame interessant und aufschlußreich wird?« fragte er und hielt ihr den Arm hin, um sie ins Schiff zu geleiten.

»Als erstes«, sagte sie und hakte sich mit einem begeisterten Lächeln unter, »würde ich gern alles über den Antrieb der *Lady Luck* erfahren ...«

2

Den smaragdgrünen Dschungelmond rasch hinter sich lassend, steuerten Lando Calrissian und sein vertrauter Gefährte Lobot die *Lady Luck* durch den leeren Raum auf den Gasball Yavins zu.

»Die Corusca-Förderung wird euch sicher Spaß machen, Kinder«, sagte Lando. »Ich glaube nicht, daß ihr schon einmal etwas Vergleichbares erlebt habt.«

Als die *Lady Luck* sich dem riesigen Planeten näherte, kam die orbitale Industriestation in Sicht. Landos Corusca-Förderanlage, die Gemmentaucher-Station, war eine Symphonie aus laufenden Lichtern und Sendeantennen, umgeben von Dutzenden automatischen Abwehrsatelliten. Robotgesteuerte Überwachungssatelliten erfaßten die *Lady Luck* und aktivierten ihre Waffensysteme, doch nachdem Lando seinen Autorisierungscode eingetippt hatte, ließen sie das Schiff passieren und machten sich wieder daran, die Randbereiche nach Eindringlingen und Piraten zu durchforsten.

»Man kann sich gar nicht genug schützen«, sagte er, »vor allem, wenn man mit etwas so Wertvollem wie diesen Corusca-Gemmen zu tun hat.«

Lobot, der kahlköpfige, computertechnisch aufgerüstete Humanoide, bediente weiter stur und unbeeindruckt die vielen Instrumente. Auf dem Implantat, das an Lobots Hinterkopf angebracht war, blitzten und blinkten Leuchtdioden auf, während er das Netz der Planquadrate und den Kompaß genau im Auge behielt. Lobot lenkte die *Lady Luck* ohne Probleme weich ins Hauptdock der Gemmentaucher-Station.

»Ich bin froh, daß Luke euch erlaubt hat, uns hier oben mal zu besuchen«, sagte Lando und warf Jacen, Jaina und Lowie über die Schulter einen Blick zu. »Ihr könnt nicht alles über das Universum lernen, indem ihr einfach nur im Dschungel sitzt und mit euren geistigen Kräften Felsen vom Boden hebt.« Ein Grinsen blitzte auf seinem Gesicht auf. »Ihr müßt euren Horizont erweitern – und vor allem lernen, wie der Handel in der Neuen Republik funktioniert. Solche Kenntnisse könnten euch von Nutzen sein, falls ihr mit euren Lichtschwertern einmal nicht weiterkommt.«

»Wir haben noch keine Lichtschwerter«, sagte Jacen. »Na, bis es soweit ist, könnt ihr euch die Zeit ja damit vertreiben, einige sinnvolle Erfahrungen zu sammeln«, erwiderte Lando. Als er Jacens Frustration bemerkte, fügte er hinzu: »Weißt du, euer Onkel Luke ist besorgt um eure Sicherheit. Er ist manchmal übervorsichtig, aber ich vertraue seinem Urteil. Mach dir keine Gedanken, irgendwann wirst du dieses Lichtschwert schon noch bekommen. Ich schätze, wenn du es etwas lockerer angehen läßt und nicht dauernd daran denkst, wirst du eher mit einem Lichtschwert üben, als du glaubst.« Nach diesen aufmunternden Worten wandte er sich Lobot zu, um ihm beim Abschluß des Landechecks zu helfen. Wenig später sackte die *Lady Luck* in eine leere Landebucht.

Lando strahlte, als er aus dem Schiff stieg und ihnen mit enthusiastischen Gesten seine Station präsentierte. Dicht gefolgt von dem eher wortkargen Lobot, führte er die drei jungen Jedi-Ritter an ein Panoramafenster aus Transparistahl, von dem aus man einen imposanten Ausblick auf die stürmische, orangefarbene Suppe des Gasriesen hatte.

Jacen drückte sich an das breite Fenster und lugte auf die wild durcheinanderwirbelnden Gasmassen hinunter, in denen ganze Systeme von Stürmen tobten. Aus dieser Entfernung sah Yavin mit seinen gelben, weißen und orangefarbenen Pastelltönen trügerisch friedlich aus. Aber Jacen wußte, daß die Winde selbst in den oberen Atmosphäreschichten eine zerstörerische Gewalt entwickelten und der Druck weiter unten ausreichte, um ein Schiff zu einer Handvoll Atomen zusammenzupressen.

Jaina an seiner Seite betrachtete die Wolkenmuster mit dem kühlen Blick einer Wissenschaftlerin, während Lowie, dessen hagere Gestalt die der Zwillinge überragte, über ihre Köpfe hinwegschaute und vor Erstaunen grunzte.

»Ich finde das außerordentlich beeindruckend«, meldete sich MTD an Lowies Gürtelschnalle zu Wort. »Und Master Lowbacca teilt meine Ansicht.«

Die Gemmentaucher-Station kreiste in einem Orbit, der die äußeren Atmosphäreschichten Yavins berührte. Auf ihrer elliptischen Umlaufbahn löste sich die Station vom Planeten und drang dann wieder in die oberen Gasschichten ein, von wo aus die Corusca-Förderer in die unergründlichen, wirbelnden Ströme des Planeten hinabtauchen konnten.

Lando tippte mit der Fingerspitze gegen das Aussichtsfenster. »Weit unten, wo die Atmosphäre endet, schabt der metallische Kern an der verflüssigten Luft entlang. Der Druck dort ist groß genug, um die Elemente zu äußerst seltenen Quantenkristallen zu verdichten – den Corusca-Gemmen.«

Jacen hob den Blick. »Dürfen wir einen sehen?«

Lando überlegte kurz, dann nickte er. »Klar. Wir haben gerade eine Ladung für den Abtransport vorbereitet«, sagte er. »Folgt mir.«

Mit seinem wallenden smaragdgrünen Umhang stolzierte Lando durch die sauber geschrubbten Korridore. Jacen betrachtete neugierig die Metallschotten, die Kammern, die mit Computern vollgestellten Büros.

Die Wände bestanden aus glatten Plastahl-Tafeln, angestrichen mit weichen Farben und verziert mit Lichtobjekten in unterschiedlichstem Design. Im Hintergrund hörte Jacen die leisen flüsternden Geräusche von Wäldern, Meeren und Flüssen. Die beruhigenden Farben und die sanften Geräusche machten die Gemmentaucher-Station zu einem anziehenden, angenehmen und freundlichen Ort – ganz anders, als er erwartet hatte.

Als sie sich einem großen gepanzerten Tor näherten, betätigte Lando einige Knöpfe an seinem Multifunktionsarmband und wandte sich Lobot zu. »Bitte um Zutritt in den Sperrbereich.«

Lobot murmelte etwas in ein Kragenmikrophon. Die versiegelten Metalltüren zischten, glitten zur Seite und gaben den Weg in eine Luftschleuse frei. Das geschlossene Schott am anderen Ende der Schleuse mündete direkt in den freien Raum. In einem Gestell lagen vier gepanzerte, konische Behälter; jeder von ihnen war allenfalls einen Meter lang und strotzte vor Lasern mit automatischer Zielerfassung.

»Das sind unsere Frachtkapseln«, erklärte Lando. »Da Corusca-Gemmen extrem wertvoll sind, haben wir einige zusätzliche Sicherheitsvorkehrungen getroffen.«

Das vorderste Frachtmodul stand offen und war mit einer dicken Schicht Isoliermaterial ausgekleidet. Direkt daneben arbeiteten einige mehrarmige Droiden. Ihre kupfernen Exoskelette glänzten wie frisch poliert.

»Sie verpacken gerade unsere nächste Ladung. Schaut sie euch ruhig mal an«, sagte Lando.

Die drei Freunde warfen einen Blick durch die kleine Öffnung der Frachtkapsel, in der ein Kupferdroide mit flinken Fingern soeben vier Corusca-Gemmen verstaut hatte, keine größer als Jacens Daumennagel. Lando griff in die Öffnung und fischte einen der Edelsteine heraus.

Der Droide fuchtelte mit seinen zahlreichen Händen durch die Luft. »Entschuldigen Sie, entschuldigen Sie!« plapperte er. »Bitte berühren Sie die Gemmen nicht. Entschuldigen Sie!«

»Schon gut«, sagte Lando. »Ich bin's, Lando Calrissian.«

Der Bewegungsdrang des Kupferdroiden erfuhr einen deutlichen Dämpfer. »Oh! Verzeihen Sie, Sir!« rief er.

Lando schüttelte den Kopf. »Ich sollte wohl mal ihre optischen Sensoren erneuern lassen.«

Er nahm die Corusca-Gemme zwischen Daumen und Zeigefinger und hielt sie hoch; sie strahlte zwischen seinen Fingerspitzen wie flüssiges Feuer. Sie tat mehr, als nur das Licht der an der Decke befestigten Leuchttafeln zu reflektieren – eine Corusca-Gemme schien einen eigenen Miniaturofen zu enthalten; die eingeschlossenen Lichtquanten tanzten äonenlang wie Elmsfeuer in dem Kristall hin und her, bis schließlich einige der Photonen, den Gesetzen der Wahrscheinlichkeit folgend, den Weg nach draußen fanden.

»Corusca-Gemmen sind an keinem anderen Ort der Galaxis gefunden worden«, erklärte Lando, »nur im Kern von Yavin. Natürlich haben Prospektoren schon andere Gasriesen untersucht, aber bislang kann ausschließlich meine Station Corusca-Gemmen liefern. Vor langer Zeit hat es hier schon einmal eine Station gegeben, vom Imperium geduldet und subventioniert. Doch ohne die finanzielle Unterstützung des Imperiums ging sie ziemlich schnell bankrott. Corusca-Förderung ist ein halsbrecherischer Job, wißt ihr, und erfordert von Anfang an große Investitionen – für mich haben sie sich allerdings bereits mehr als ausgezahlt.«

Er ließ den Edelstein herumgehen, damit Jacen, Jaina und Lowbacca seine Schönheit bewundern konnten. »Corusca-Gemmen sind die härteste Substanz, die man kennt«, erklärte er weiter. »Sie durchtrennen Plastahl wie ein Laser Sullustaner-Gel.«

Der nervöse Packdroide rupfte Lowbacca den Edelstein aus der haarigen Hand, legte ihn in die Frachtkapsel zurück und plazierte etwas zusätzliches Isoliermaterial um die Steine, bevor er die Frachtkapsel schloß. Der Droide betätigte eine Reihe von Schaltern auf der Rückseite der Frachtkapsel, und die borstigen Stacheln der automatischen Laser richteten sich kampfbereit auf.

»Frachtkapsel startbereit«, sagte der Kupferdroide. »Bitte verlassen Sie die Startbucht.«

Lando schob die drei Kinder aus dem Saal, und die schweren Metalltüren wurden hinter ihm versiegelt, während die Droiden eifrig umherhasteten. »Hier drüben. Wir können durch das Außenfenster zusehen«, sagte er. »Die Frachtkapsel ist ein Hyperraum-Projektil, das auf Borgo Prime ausgerichtet ist; dort befindet sich mein Zwischenhändler, der die Corusca-Gemmen gegen eine prozentuale Beteiligung an den Profiten weiterverkauft.«

Sie drückten sich gemeinsam an ein großes, rundes Fenster, das den Blick auf den offenen Weltraum freigab. Von hier aus wurden sie Zeugen, wie die Frachtkapsel aus der Startbucht schoß, einen Augenblick taumelnd in der Schwebe blieb, während sie ihre Position analysierte und sich auf die Zielkoordinaten ausrichtete und beschleunigte. Das grelle Licht ihrer Schubraketen zog eine schnurgerade Linie in die Schwärze des Weltraums.

Die rotierenden Satelliten im Umfeld der Gemmentaucher-Station orteten die Kapsel und richteten ihre Waffen auf sie; doch die Frachtkapsel sendete sofort die entsprechenden Identifikationssignale, und die Abwehrsatelliten ließen von ihr ab. Dann schnellte die Kapsel in einer plötzlichen Verzerrung nach vorn und verschwand von einer Sekunde auf die nächste mit ihrer wertvollen Fracht im Hyperraum.

»He, Lando, dürfen wir einmal bei der Gemmenförderung mithelfen?« fragte Jacen.

»Ja, wir würden gern sehen, wie man das macht«, fügte Jaina hinzu.

»Ich weiß nicht recht ...«, sagte Lando. »Es ist harte Arbeit und ein wenig riskant.«

»Das ist die Ausbildung zum Jedi-Ritter auch, wie wir bereits erlebt haben«, beharrte Jaina. »Meinen Sie nicht, daß es ein kleines Risiko wert ist, wenn man etwas lernen will?«

Lowbacca grunzte einen Kommentar.

»Habe ich das richtig verstanden, Master Lowbacca? Sind Sie bereit, das Risiko einzugehen?« fragte MTD mit einem leichten Anflug von Panik in der Stimme. »Also wirklich, bei allem Respekt! Hat Master Calrissian nicht ausdrücklich auf die Gefahren hingewiesen, zweifellos in der Absicht, Sie von diesem Vorhaben abzubringen?«

»Nun, wir würden trotzdem gern mitkommen«, meldete sich Jacen zu Wort.

Lando hob eine Hand und grinste, als sei ihm gerade etwas eingefallen – obwohl Jacen spüren konnte, daß er es die ganze Zeit geplant hatte. »Tja, vielleicht ist es wirklich an der Zeit, daß ich hier mal wieder richtig arbeite, statt immer nur diesen Management-Kram zu erledigen. Also gut, ich werde eure Einweisung persönlich in die Hand nehmen.«

Für Jacen sah die Fördersonde wie eine große Taucherglocke aus. Ihre Hülle war dick gepanzert, mattgrau mit öligen Farbflecken, die im Licht der Scheinwerfer bizarr glänzten. Die Luke schien dick und widerstandsfähig genug, um Turbolaserfeuer standzuhalten.

»Das hier ist die *Fast Hand*«, sagte Lando, »ein kleines Schiff, das wir eigens zum Vorstoß in die verborgensten Tiefen von Yavin 4 entwickelt haben. Damit ist es uns möglich, bis zum Kern vorzudringen, wo die größten Corusca-Steine zu finden sind.« Er fuhr mit den Fingern über die öligen Außenplatten.

»Die *Fast Hand* ist mit einer hauchdünnen Schicht aus

Quantenpanzerung bedeckt«, erklärte Lando mit hörbarer Ehrfurcht in der Stimme, »eine der hilfreichen kleinen Erfindungen des Imperiums. Wir haben diese ursprünglich militärische Entwicklung für unsere eigenen Zwecke nutzbar gemacht – ein Grundprinzip kommerzieller Verwertung.« Lando klang, als hielte er einen Vortrag vor einem Direktorium, doch dann fiel ihm wieder ein, zu wem er eigentlich sprach. »Nun, wie auch immer. Die Panzerung dieses Babys ist stark genug, um selbst dem Druck tief in Yavins Kern standzuhalten. Wenn wir herabgelassen werden, sind wir über ein energetisches Tau mit der Gemmentaucher-Station verbunden – eine Art unlösbares Magnetseil.«

»Und das können nicht einmal die Stürme kappen?« fragte Jaina.

Lando breitete weit die Hände auseinander, um ihre Sorge zu beschwichtigen. »Wir könnten ein bißchen durchgeschüttelt werden, aber ...« Er lachte. »Die Sitze sind gepolstert. Wir werden's schon überstehen.«

Lowbacca bückte sich, stieß aber trotzdem mit dem Kopf gegen den niedrigen Türrahmen, als er in die Tauchsonde stieg. Jacen und Jaina sprangen leichtfüßig hinter ihm her. Nachdem Lando ihnen in die *Fast Hand* gefolgt war, zog er die Luke hinter sich zu.

Er klopfte mit den Fingerknöcheln gegen die Innenwand und verursachte einen dumpfen metallischen Laut. »Solide und sicher«, sagte er und machte es sich in dem gepolsterten Sitz vor dem Steuerpult bequem. Jacen enterte den Kopilotensitz und schnallte sich fest, während Jaina und Lowie die beiden hinteren Plätze einnahmen. Dicke rechteckige Fenster waren im Boden und in die Wände eingelassen und erlaubten ihnen freie Sicht in alle Richtungen.

»Du liebe Güte, ist das nicht aufregend?« rief MTD mit blecherner Stimme. Lowie grunzte zustimmend.

3

Lando tippte einige Befehle ins Steuerpult. »Ich gebe Lobot Bescheid, daß wir startbereit sind.«

Rote Lichter blitzten über die Schleusenwände und zeigten den Status der *Fast Hand* an, während sie auf den Abstieg in Yavins Atmosphäre vorbereitet wurde. Drei Techniker trabten aus der Schleusenkammer, und die luftdichten Türen schlossen sich hinter ihnen.

»Festhalten«, rief Lando.

Der Boden unter der *Fast Hand* sackte weg. Jacens Magen machte einen Sprung, als die gepanzerte Fördersonde aus der Gemmentaucher-Station in die tosenden Gaswirbel hinabstürzte. Lowie gab einen überraschten Aufschrei von sich. Jacens Puls raste. Jaina umklammerte die Lehnen ihres Sitzes.

Die *Fast Hand* sauste abwärts, aber bald spürte Jacen, daß ihr Fall sich stabilisierte, verlangsamte und kontrollierter wurde.

»Ich kann das energetische Tau spüren, das uns hält«, sagte Jaina.

Jacen tastete mit seinen Jedi-Sinnen nach draußen und konnte einen schimmernden, kühlen Faden ausmachen, der sie mit der Orbitstation hoch über ihnen verband. Ungeduldig und neugierig öffnete er seinen Sicherheitsgurt und schaute durch eine der seitlichen Fensterluken auf die aufgewühlten Wolken, die ihnen entgegenrasten und ihre dunstigen Klauen nach ihnen ausstreckten.

Jacen sah eine Flotte winziger Schiffe wie Agrardrohnen über die Kronen der aufsteigenden Gaswolken schwärmen. Die kleinen Schiffe zogen ein goldglühendes Netz hinter sich her, das wie ein hauchzartes Gewebe durch die Wolken glitt.

»Wer sind die denn?« fragte Jaina, die sich für alles interessierte, was auch nur irgendwie nach Technik aussah.

»Vertragspartner von mir«, erklärte Lando. »Corusca-Fischer. Sie durchkämmen mit einer Skiff-Flotte die Wolkenkronen und ziehen ein Energienetz hinter sich her. Während sie durch die Gasfelder fliegen, reagiert das Energiedifferential im Netz mit vorhandenen winzigen Corusca-Steinen. Sie sammeln nur kleinere Steine und Corusca-Staub auf. Das mag sich vielleicht relativ bescheiden anhören, aber die Ausbeute ist immer noch beachtlich und lohnt die Mühe.«

»Ich unterstütze sie bei ihrer Arbeit«, fuhr er fort, »dafür erhalte ich einen prozentualen Anteil an ihrem Fang. Aber die größeren Corusca-Gemmen findet man weiter unten. Der enorme Druck nah am Kern hat es bisher unmöglich gemacht, die wirklich großen Gemmen zu fördern, aber mit der neuen Quantenpanzerung der *Fast Hand* können wir endlich bis ganz nach unten vorstoßen.«

»Und worauf warten wir noch?« fragte Jaina.

»Du hast recht. Auf geht's«, sagte Jacen und rieb sich die Hände. Dann trat ihm ein schelmisches Grinsen auf die Lippen. »He, Lando, ich habe gestern zwei Droiden belauscht. Der eine fragte: ›Hast du denn nun am Sabacc einen Wookiee gehauen?‹, und der zweite antwortete ...«

»... ›Ja, aber es hat mich einen Arm und ein Bein gekostet‹«, schloß Lando. »Das ist ein alter Witz, Junge.«

Jacen runzelte die Stirn, dann kicherte er. »Vielleicht hat Tenel Ka *deshalb* nicht darüber gelacht.« Jaina sah ihren Bruder stirnrunzelnd an. »Ich glaube kaum, daß das der Grund war.«

Die *Fast Hand* setzte ihren Abstieg fort. Lando hantierte an den Bedienungselementen und wickelte das energetische Tau ab. Als die dichten organischen Nebel und farbigen Aerosole sie einschlossen, wurden die Winde zu geisterhaften Fingern, die mit der Zeit immer lauter und beharrlicher gegen die Wände trommelten.

Die Sturmsysteme nahmen an Gewalt zu. Blaue Lichtblitze zuckten durch den düsteren Himmel, so weit Jacens Blick reichte. Statische Entladungen krochen wie gezackte Raupen über die Außenhülle, funkelten und zuckten um den Ansatzpunkt des energetischen Taus.

Lowie gab in der Sprache der Wookiees einen langen, besorgt klingenden Satz von sich, und sein Übersetzer-Droide plapperte los. »Eine gute Frage, Master Lowbacca. Was geschieht eigentlich, wenn das energetische Tau durchtrennt wird? Wie kommen wir dann zurück?«

»Oh, wir haben Lebenserhaltungssysteme an Bord«, sagte Lando und winkte ab. »Wir könnten hier unten eine ganze Weile überleben, zumindest so lange, bis eine Rettungsmannschaft von der Gemmentaucher-Station eintrifft. Wir haben Sender und Energiereserven zur Verfügung – aber es wird nicht geschehen, keine Sorge.«

Wie um ihn zu widerlegen, traf sie von der Seite ein unerwartet heftiger Windstoß, so daß Jacen aus dem Sitz kippte. Er zog sich wieder hoch und legte verlegen seinen Sicherheitsgurt an.

Plötzlich schien sich die *Fast Hand* von ihrer Leine loszureißen. Sie fiel wie eine Kanonenkugel, stürzte ganze zehn Sekunden im freien Fall durch die Wolken. Lowie heulte, und Jacen und Jaina schrien auf. Lando zog den Energiepegel hoch, bis es ihm endlich gelungen war, das energetische Tau wieder zu stabilisieren.

»Seht ihr? Kein Problem«, sagte er mit einem nonchalanten Grinsen, aber Jacen konnte die Schweißperlen auf Landos Stirn sehen. »Ihr solltet aber trotzdem eure Sicherheitsgurte etwas fester anziehen«, fügte er hinzu. »Diese Stürme sorgen in den unteren Atmosphäreschichten für heftige Turbulenzen.

Sie wühlen die gesamte Grenzschicht auf und reißen die Corusca-Gemmen mit sich. Wenn wir erst etwas tiefer sind, machen wir uns auf die Suche.«

»Ich würd's gern selbst probieren«, sagte Jaina.

»Meinetwegen kann jeder von euch mal die Kontrollen übernehmen, aber ich sollte euch darauf hinweisen, daß Corusca-Gemmen selbst hier unten sehr selten sind. Rechnet nicht damit, irgend etwas zu finden.«

»Wenn wir am Steuerpult sitzen«, fragte Jacen, »und eine Corusca-Gemme finden, dürfen wir sie dann behalten?«

Lando lächelte nachsichtig. »Nun, ich denke, ich werde bei euch mal eine Ausnahme machen ... aber wir können hier unten nicht ewig nach Gemmen suchen. Fangt nicht an zu meutern, wenn es Zeit wird umzukehren.«

»Oh, machen wir nicht«, versicherte Jacen. »Aber es ist trotzdem gut, wenn man einen Ansporn hat.«

Lando lachte. »Genau wie dein Vater«, sagte er. Jacen lächelte und dachte an die vielen Male, die Lando Calrissian und Han Solo in den langen Jahren ihrer Freundschaft miteinander – oder im Wettbewerb gegeneinander – gearbeitet hatten.

Lando wandte sich wieder den Kontrollen zu und öffnete einige weitere Fensterluken am Boden, so daß sie in die trüben und energiegeladenen Gaswolken unter sich blicken konnten.

»Das dürfte reichen«, sagte Lando. »Gehen wir fischen.« Er sah auf das Chronometer an seinem Handgelenk. »Wir müssen wirklich bald wieder rauf.« Er schluckte, und Jacen spürte, wie nervös Lando so weit unten tatsächlich war. In der Regel wagten sich nur die tollkühnsten Gemmen-Jäger, die bereit waren, für die sagenhaft teuren Steine ihr Leben zu riskieren, bis zu den tiefsten Regionen vor.

Die *Fast Hand* war inzwischen so weit in die planetare Atmosphäre vorgestoßen, daß nicht einmal das Licht von Yavins

Sonne die dichten dunklen Winde durchdringen konnte, die sie umtosten. Lando schaltete die Scheinwerfer der Tauchsonde an, und cremefarbene Lichtkegel kämpften gegen die donnernden Stürme und wirbelnden Gase an.

»Ich werde jetzt unsere Förderkabel ausrollen«, erklärte Lando. »Es sind elektromagnetische Seile, die von der Außenhülle herabhängen, um von den Stürmen aufgewirbelte Corusca-Gemmen einzufangen. Jeder von euch hat ein paar Minuten, aber dann müssen wir zurück zur Station. Diese Sturmsysteme werden schlimmer.«

Jacen hatte überhaupt nicht den Eindruck, daß die Stürme schlimmer wurden; sie waren von Anfang an schlimm genug gewesen. Aber wenn er die Anspannung in Landos Gesicht richtig deutete, war es wohl besser, wenn sie ihre Expedition möglichst zügig beendeten.

»Lowbacca, warum versuchst du's nicht als erster?« schlug Lando vor. »Komm nach vorn, und setz dich ans Steuerpult.«

Der junge Wookiee quetschte sich in einen Sitz, der viel zu klein für ihn war, legte die Hände an die zahlreichen Steuerknüppel des Pults und lenkte die baumelnden, knisternden Energiekabel, die wie magnetische Tentakel durch die stürmische Atmosphäre fuchtelten.

Jacen öffnete ein weiteres Mal seinen Sicherheitsgurt und kroch über den Boden, um durch die rechteckigen Luken zu schauen. Er konnte die gelben magnetischen Peitschen erkennen, die von der *Fast Hand* aus durch die Gaswolken fegten, ohne etwas einzufangen.

Nach wenigen Momenten grunzte Lowie frustriert. »Master Lowbacca hätte nichts dagegen, wenn es jemand anderes versuchen möchte«, übersetzte MTD. Lowie überließ Jaina das Steuerpult, die sich in angespannter Konzentration hinsetzte und die Zungenspitze aus dem Mundwinkel schob. Ihre Augen, goldbraune Höhlen, die ins Nichts starrten, verengten sich zu schmalen Schlitzen, während sie die Steuerknüppel bediente. Jacen sah zu, wie sich unter ihm die Energiefäden wanden und durch die Wolken tasteten.

»Na, seid nicht so enttäuscht«, sagte Lando. »Ich habe euch doch gesagt, daß es harte Arbeit ist, auch nur eine einzige Gemme zu finden. Sie sind ziemlich selten. Andernfalls wären sie wohl kaum so viel wert.«

Jaina setzte ihre Suche noch ein paar Minuten fort, dann gab sie auf. Jacen rappelte sich hoch und kam nach vorn. Nur mit Mühe gelang es ihm, in der von stürmischen Winden bedrängten Fördersonde das Gleichgewicht zu halten. Er bekam die Lehne des Sitzes zu fassen, hangelte sich hinein und umklammerte die Bedienungselemente mit beiden Händen.

Während er die Steuerknüppel bewegte, spürte er den Widerstand der peitschenden Energiekabel, die durch die Gasmassen pflügten, als würden flinke Finger in einem Sandhaufen nach Goldkrümeln suchen. Er tastete mit dem Geist nach draußen, konzentrierte sich wie zuvor Jaina und setzte all seine Jedi-Fertigkeiten ein, um eine der wertvollen Gemmen aufzuspüren. Er wußte nicht, wie sich ein Corusca-Stein *anfühlte*, aber er nahm an, er würde es schon merken, wenn er einen fand. Doch die Wolkenwirbel schienen leer, gesättigt mit nutzlosen Gasen und zermalmtem Schutt – nichts, was Jacen auch nur annähernd interessiert hätte.

Seine Zwillingsschwester saß hinter ihm, und er fühlte, daß sie ihm Glück wünschte. Jacen wollte gerade aufgeben, als er in seinem Geist unvermittelt ein Aufblitzen spürte, einen plötzlichen Funken. Er riß die Steuerknüppel zur Seite und fuhr die langen elektromagnetischen Förderbänder so weit aus, wie es ging. Wie mit von Blitzen umzuckten Fingern kratzte er mit ihnen durch die Wolken, streckte sie immer weiter aus ... und schließlich berührten seine tastenden Sinne etwas Schimmerndes.

Kontrollampen leuchteten auf. »Ich hab eine!« schrie er.

Lando wirkte so verblüfft wie alle anderen. »Du hast es geschafft!« sagte er. »Also gut, holen wir sie schnell rein. Wird Zeit, daß wir von hier verschwinden.«

Lando übernahm die Steuerung und holte gleichzeitig mit den magnetischen Tentakeln auch ihren Fang in die *Fast Hand* ein. Nachdem er erneut das energetische Tau stabilisiert hatte, öffnete Lando eine kleine Klappe im Boden und hievte eine reifbedeckte Frachtbox aus Durastahl herauf, der er eine unregelmäßig geformte, aber wunderschöne Corusca-Gemme entnahm, größer als das Exemplar, das er ihnen vorhin gezeigt hatte. In ihrem Innern blitzte eingefangenes Feuer.

Atemlos nahm Jacen den Stein entgegen und barg ihn in beiden Handflächen. »Seht mal, was ich hier habe!« sagte er.

Jaina und Lowie gratulierten ihm. Lando, der wußte, daß er den Kindern versprochen hatte, sie dürften ihren Fang behalten, schüttelte in widerwilliger Bewunderung den Kopf. »Heb sie gut auf«, sagte er. »Ich schätze, damit kann man auf Coruscant einen halben Häuserblock kaufen.«

»Ist sie *so viel* wert?« Jacen fuhr mit den Fingern über die glatte, unglaublich harte Oberfläche der Gemme. »Was ist, wenn ich sie verliere?«

»Steck sie dir in den Stiefel«, riet Jaina. »Du weißt doch, da verlierst du nie etwas.«

»Gute Idee«, stimmte Jacen zu, »da ist sie wohl vorerst am besten aufgehoben. Ich glaube, ich schenke sie Mutter zu ihrem nächsten Geburtstag.«

Lando schlug sich gegen die Stirn. »Nicht einmal Han hat Leia schon einmal etwas so Wertvolles geschenkt! Da wünsche ich mir fast, ich hätte selbst Kinder«, brummte er. »Wie dem auch sei, wir müssen schleunigst wieder nach oben.«

Als wollte er die Dringlichkeit dieser Worte unterstreichen, traf ein weiterer Windstoß die *Fast Hand* von der Seite und wirbelte sie herum. Die Corusca-Gemme entglitt Jacen und fiel fast zu Boden, aber er bekam sie wieder zu fassen und umschloß sie mit der Faust. Hastig steckte er sie sich in den Stiefel, bevor sie ein zweites Mal herunterfallen konnte.

Mit immer noch besorgt gerunzelter Stirn rollte Lando Calrissian das energetische Tau auf und manövrierte die *Fast Hand* allmählich wieder in die weniger gefährlichen Atmosphäreschichten Yavins.

Die Sturmwinde stießen sie herum. Mit einem lauten *Klong* prallte etwas gegen die Quantenpanzerung der Hülle. Lando schrie auf und sah zur Wand hinüber. »Noch eine! Jaina, überprüfe mal die Versiegelung«, sagte er.

»Was ist passiert?« fragte Jacen.

Auf den Knien kroch Jaina hinüber. »Sieht okay aus«, sagte sie.

»Was war das?« beharrte Jacen. Er konnte eine geringfügige Delle in der Innenwand erkennen, spürte aber keine Gase eindringen.

»Uns hat gerade eine Corusca-Gemme getroffen, die von diesen Winden auf hohe Geschwindigkeit beschleunigt worden ist. Sie hatte die Durchschlagskraft eines Projektils – nur die Quantenpanzerung hat uns gerettet.« Lando schüttelte den Kopf. »Es ist kaum zu glauben. Ich selbst habe viele Stunden mit der Suche nach diesen Gemmen verbracht und bin oft genug mit leeren Händen zurückgekommen. Und dann nehme ich euch mit runter, und Jacen findet auf Anhieb eine, und auf dem Weg nach oben werden wir auch noch von einer zweiten getroffen.«

Lowie bellte einen Kommentar, und MTD sagte: »Ich stimme Master Lowbacca voll und ganz zu: Hoffen wir, daß wir nicht auf noch ein paar stoßen.«

Blitze umzuckten die Hülle und ließen blaues Licht durch die düsteren Wolken flackern. Aber während sie der Sicherheit der Station entgegenstiegen, wurden die Stürme ruhiger und weniger hartnäckig. Lando entspannte sich merklich.

Als sie schließlich wieder in die glitzernde Gemmentaucher-Station einschwebten und das Schleusenschott sich unter ihnen geschlossen hatte, gab Lando einen erleichterten Seufzer von sich und sackte in den Pilotensitz.

Die Druckschleuse füllte sich wieder mit atembarer Luft, und Lando legte einige Schalter um, die die Versiegelungen der Panzerluken öffneten. »Das war's. Die Station hat uns wohlbehalten wieder«, sagte er und stieg mit weichen Beinen aus. »Ich glaube, das waren genug Abenteuer für heute. Wie wär's, wenn wir uns ein wenig ausruhen und dann etwas essen?«

Doch Lando hatte den Vorschlag kaum ausgesprochen, als plötzlich die Alarmsirenen der Station durch die Interkom-Systeme heulten.

»Was ist denn jetzt los?« fragte Lando. »Was geht da vor?«

Die drei jungen Jedi-Ritter sprangen aus der Fördersonde und folgten Lando zum nächsten Komgerät an der Wand. »Hier ist Lando Calrissian. Geben Sie mir einen aktuellen Lagebericht.«

»Eine unidentifizierte Flotte ist gerade aus dem Hyperraum aufgetaucht«, hörten sie die angespannte Stimme eines Sicherheitschefs. »Sie ignorieren unsere Funkrufe und steuern mit großer Geschwindigkeit auf die Gemmentaucher-Station zu. Absicht unbekannt.« Die Stimme brach mit einem Klicken ab.

Jacen und Jaina liefen zu einer der Sichtluken und schauten in die Dunkelheit des Weltraums hinaus. Dann sah Jacen die Schiffe, die wie ein Meteoritenschwarm in ihre Richtung rasten. Irgendwie spürte er, daß sie ihre Waffen scharf machten – zu keinem guten Zweck. Er schluckte.

»Für mich sieht das wie eine Imperiale Flotte aus«, sagte Jaina.

4

Lando hastete los in Richtung Steuerbrücke. »Kommt schon, Kinder. Folgt mir!« rief er.

Jaina übernahm die Führung, während Lowie und Jacen im Laufschritt hinterhertrabten. Lowie rannte Lando mit seinen langen Wookiee-Beinen vor Aufregung fast über den Haufen. »Oh, seien Sie doch vorsichtig!« rief MTD.

Mit einem Turbolift fuhren sie in den Beobachtungsturm und platzten auf die Steuerbrücke, ein zylindrischer Aufbau, der über den gepanzerten Haupttrakt der Gemmentaucher-Station hinausragte. Schmale, rechteckige Fenster umgaben den Kontrollraum und erlaubten eine Rundumsicht. Auf den flimmernden Diagnosemonitoren direkt unter den Sichtluken blinkten Alarmsignale. Landos bewaffnete Wachen liefen umher, befestigten zusätzliches Kampfgerät an ihren Gürteln und machten sich bereit, die Station zu verteidigen.

»Wir werden angegriffen, Sir«, murmelte Lobot mit seiner leisen, schwer zu verstehenden Stimme. Der Cyborg war ein Wirbel von Bewegungen, zuckte mit den Händen zwischen den Tastaturen hin und her, überflog mit schnellen Blicken die Monitore ringsum und analysierte schweigend die Details. Die Lichter auf dem Computerimplantat an der Seite seines Kopfes blitzten wie Feuerwerke.

Lando spähte durch die schmalen Sichtluken und sah die Schiffsflotte aus den Tiefen des Weltraums heranfliegen. »Glaubst du, es sind Piraten?« fragte er den Cyborg-Assistenten. Mit einer beruhigenden Geste wandte er sich an Lowie und die Zwillinge: »Keine Sorge. Der Sicherheitsdienst der Station ist in Alarmbereitschaft. Diese Typen haben keine Chance gegen unsere Verteidigungsanlagen.«

Jaina schaute auf einen der Diagnosemonitore und preßte die Lippen aufeinander. Sie schüttelte den Kopf. »Nicht bloß Piraten«, sagte sie, als sie einige der Schiffe an der ellipsoiden Form ihrer Rümpfe und den Turbinentürmen erkannte, die wie zackenförmige Flügel an Ober- und Unterseiten angelegt waren. »Imperiale Schiffe. Die vier außen sind Skipray-Blasterboote, jedes voll ausgerüstet mit Ionenkanonen, Protonentorpedowerfern, Vibratorraketen und zwei gekoppelten Laserkanonen.«

Lando schien verblüfft. »Klar, das stimmt.«

Sie blickte ruhig in sein überrrasches Gesicht auf. »Vater hat mich eine Menge Schiffe studieren lassen. Glauben Sie mir, das sind mehr, als Ihre Abwehrsysteme je zurückschlagen könnten.«

Lando schlug sich mit der Hand gegen die Stirn und stöhnte. »Das ist keine Piratenflotte, das ist eine Armada! Was ist das große Schiff in der Mitte? Ich erkenne es nicht.«

In Gedanken ging Jaina die mechanischen Spezifikationen aller Schiffsentwürfe durch, über die sie von ihrem Vater etwas gelernt hatte – aber in diesem Fall war sie ratlos.

»Irgendein modifiziertes Angriffsschiff vielleicht?« schlug Jaina vor. Die vergrößerte Darstellung auf den Monitoren zeigte die sich unaufhaltsam nähernde Flotte. »Aber ich weiß nicht, was dieser Apparat am Bug soll.«

An der Vorderseite des mysteriösen Angriffsschiffs war ein seltsames Gerät angebracht, kreisrund und ausgezackt wie das zähnestarrende, weitaufgerissene Maul eines Unterwasserraubtiers.

»Sende ein Notsignal«, sagte Lando zu Lobot. »Übers ganze Spektrum. Es sollen *alle* mitbekommen, daß wir hier in Schwierigkeiten sind.«

Mit computergestützter Gelassenheit, die die anderen schier in den Wahnsinn trieb, schüttelte Lobot den kahlen Kopf.

»Das habe ich bereits versucht. Wir sind eingeschlossen, Sir – ich kann kein Signal durch ihre Schirme treiben.«

»Und was wollen sie?« fragte Lando verzweifelt.

»Sie haben keine Forderungen gestellt«, erwiderte Lobot. »Sie weigern sich, auf unsere Funkrufe zu reagieren. Wir wissen nicht, welche Absicht sie verfolgen.«

Jaina fröstelte, als sie durch ein Sichtfenster den sich nähernden Schiffen entgegenstarrte. Sie schauderte. Jacen drückte ihr mit ängstlich gerunzelter Stirn die Hand. Sie hatten beide dasselbe bemerkt.

»Ich habe ein ganz schlechtes Gefühl«, sagte Jacen. »Sie ... sie wollen *uns*, nicht wahr?«

»Ja, ich kann es spüren.« Jaina brachte kaum mehr als ein Flüstern heraus. Lowie nickte mit dem zottigen Kopf und grunzte zustimmend.

»Was soll das heißen, Kinder?« Lando sah sie mit seinen großen braunen Augen ungläubig an. »Sie können doch nur hinter unseren Corusca-Gemmen her sein – das ist die einzig sinnvolle Erklärung.«

Jaina schüttelte den Kopf, aber Lando war zu beschäftigt, um ihr weitere Aufmerksamkeit zu widmen. Die vier flankierenden Blasterboote scherten vom zentralen Angriffsschiff aus und nahmen Kurs auf die Abwehrsatelliten, die die Gemmentaucher-Station umgaben.

»Hast du die Zielsysteme entsichert?« fragte Lando.

Lobot nickte. »Systeme sind gefechtsbereit«, nuschelte er. Die Hochleistungslaser der Abwehrsatelliten feuerten auf die Blasterboote, aber die kleinen Satelliten konnten nicht genug Energie entwickeln, um die schwere Imperiale Panzerung zu durchdringen.

Jedes Skipray-Blasterboot nahm einen der kleinen Satelliten ins Visier und feuerte aus seinen Ionenkanonen einen knisternden Lichtschweif ab. Die Abwehrsatelliten machten scharf und waren bereit, das Feuer zu erwidern. Dann erloschen ihre Kontrollichter.

»Die Ionenkanonen haben die Schaltkreise unterbrochen«, meldete Lobot mit ruhiger Stimme. »Alle Satelliten sind vom Netz.«

Die Skiprays flogen einen weiteren Angriff, feuerten diesmal mit Laserkanonen und zerschossen die Abwehrsatelliten zu geschmolzenen Metallfetzen.

»Wir haben immer noch die Bewaffnung der Station«, sagte Lando, doch diesmal verriet das Zittern in seiner Stimme, daß er seiner Sache weit weniger sicher war.

Das Angriffsschiff in der Mitte der Armada flog eine der tiefer gelegenen Raumschotten an. Von den unteren Decks der Station war ein lautes Krachen und Scheppern zu hören, als etwas Großes und Schweres die Außenhülle traf – und festhing.

»Was machen die da?« fragte Lando.

»Das modifizierte Angriffsschiff hat sich an die Außenwand der Gemmentaucher-Station geheftet«, berichtete Lobot.

»Wo?«

Der kahle Cyborg überprüfte die Anzeigen. »Eine der Frachtbuchten. Ich glaube, sie versuchen gewaltsam einzudringen.«

Lando machte eine abfällige Handbewegung. »Ach, sie können anklopfen, aber sie kommen nicht rein.« Er lächelte nervös. »Halte einfach die Luftschleusen versiegelt. Die Panzerung unserer Station müßte halten.«

»Entschuldigen Sie«, sagte Jaina, »aber ich glaube, ich weiß jetzt, worin die Modifikation besteht. Ich nehme an, sie versuchen sich durch die Hülle der Station zu bohren. Diese zackigen Dinger, die wie Zähne ausgesehen haben – ich glaube, damit wollen sie sich durchs Metall schneiden.«

»Nicht *dieses* Metall.« Lando schüttelte den Kopf. »Die Wände der Station sind doppelt gepanzert. Da kommt nichts durch.«

Jacen meldete sich zu Wort. »Sagten Sie nicht, daß Corusca-Gemmen sich durch *jedes* Material bohren können?«

Lando schüttelte erneut den Kopf. »Sicher, aber das würde eine ganze Schiffsladung von Corusca-Gemmen in Industriequalität erfordern.« Dann brach er ab und riß die Augen auf. »Allerdings ... äh, haben wir seit der Erneuerung unserer Anlagen tatsächlich eine Ladung industriereiner Gemmen verschickt.«

Er nahm ein Komgerät in die Hand und sprach hinein. »Hier ist Lando Calrissian. Alle Sicherheitskräfte in die untere Frachtbucht Nummer ...« Er beugte sich über Lobots Schulter, um einen Blick auf den Monitor zu werfen. »... Nummer vierunddreißig. In voller Bewaffnung und Panzerung. Die Station wird von feindlichen Truppen geentert.«

Lando holte eine Blasterpistole aus der versiegelten Waffenkiste auf dem Brückendeck. Dann wandte er sich Lobot zu. »*Niemand* betritt meine Station ohne meine Zustimmung.« Er lief den Korridor hinunter und rief seinen Gästen über die Schulter zu: »Sucht euch einen sicheren Ort, Kinder, und bleibt dort, bis alles vorüber ist!«

Natürlich schien den jungen Jedi-Rittern der sicherste Ort an seiner Seite, und eilig rannten sie hinter ihm her.

Wachmänner in gepolsterten, dunkelblauen Uniformen sprinteten durch die Korridore. Die Pastelltöne und Naturgeräusche der Gemmentaucher-Station wirkten nun seltsam unangebracht, alles andere als beruhigend im Chaos der Verteidigungsvorbereitungen und dem Aufruhr der heulenden Alarmsirenen.

Zum Zeitpunkt, als sie die untere Frachtbucht 34 erreichten, hatten die Wachmänner bereits hinter den Frachtcontainern und Versorgungskapseln Stellung bezogen, ihre Blastergewehre in Anschlag gebracht und auf die Wand gerichtet.

Jaina hörte ein wimmerndes, nagendes Geräusch, das ihre

Zähne zum Vibrieren brachte. Ein kreisrunder Abschnitt der Außenwand glühte, und sie konnte sich das Angriffsschiff auf der anderen Seite vorstellen, das sich wie ein riesiger, angriffslustiger Meeresaal an die Gemmentaucher-Station klammerte und sich durch die Panzerung fraß.

Ein strahlend weißer Lichtpunkt erschien in dem Kreis, als ein Corusca-Zahn die dicke Platte durchbohrte. Jaina hoffte inständig, daß die Versiegelungen des angreifenden Schiffs, wo es sich an die Station drückte, luftdicht waren. Doch für derartige Überlegungen war es nun zu spät.

Einer von Landos Wachmännern verlor die Nerven und feuerte zweimal mit seinem Blastergewehr. Die Geschosse prallten gegen die Wand und ließen einen schwärzlichen Fleck auf der Innenhülle zurück, aber die Kiefer der Bohrmaschine mahlten unbeeindruckt weiter.

Unter dem Aufblitzen und Krachen kleiner Sprengladungen quoll eine Rauchwolke herein, und eine große Scheibe der Außenhülle fiel nach innen in die Frachtbucht.

Landos Sicherheitskräfte feuerten, noch bevor sich der Rauch verzogen hatte; aber der Feind auf der anderen Seite verlor ebenfalls keine Zeit. Dutzende weiß gepanzerter imperialer Sturmtruppler drängten durch das Loch wie ein aufgeschreckter Schwarm jener Eidechsenameisen, die einmal Jacens Sammlung exotischer Haustiere angehört hatten. Die Sturmtruppler erwiderten das Feuer – aber wie Jaina mit Erleichterung feststellte, setzten sie dabei nur die blauen Bögen von Stunnerstrahlen ein.

Vier Sturmtruppler gingen mit rauchenden Löchern in ihren weißen Panzern zu Boden; aber immer mehr rückten aus dem Angriffsschiff nach. Die Luft in der Frachtbucht war erfüllt von sich wild überkreuzenden Strahlenbahnen.

Halb verborgen hinter den gepanzerten Sturmtrupplern, in Schatten und aufsteigenden Rauch gehüllt, stand eine große, unheimlich wirkende Frau in einem schwarzen Umhang, aus dem in Schulterhöhe bedrohliche Stacheln wuchsen. Ihr langes ebenholzschwarzes Haar wallte um ihren Kopf wie die Schwingen eines Raubvogels. Trotz ihrer aufsteigenden Furcht bemerkte Jaina die auffällige Augenfarbe der Frau; wie das Violett der schillernden Dschungelblumen auf Yavin 4. Jaina hatte das Gefühl, als schließe sich eine kalte Faust um ihr Herz.

Ohne auf das Gefechtsfeuer zu achten, stieg die merkwürdige dunkle Frau durch das schwelende Loch in der Wand der Gemmentaucher-Station. Eine schwache elektrisch-blaue Korona statischer Lichtblitze umspielte sie wie die mächtigen Entladungen, die die *Fast Hand* in den Atmosphärestürmen Yavins erschüttert hatten.

»Denkt daran – ich will die Kinder unverletzt«, rief die Frau. Ihre Stimme klang schwer und träge, aber in jedem ihrer Worte schwang eine rasiermesserscharfe Drohung mit.

Bei der Erwähnung der Kinder wirbelte Lando herum und stellte zu seinem Erstaunen fest, daß Lowie und die Zwillinge ihm gefolgt waren. »Was macht ihr denn hier?« fuhr er sie an. »Los, wir müssen euch in Sicherheit bringen!« Er winkte mit der Blasterpistole in Richtung des Eingangs. Und als sei ihm plötzlich noch etwas eingefallen, drehte er sich um, feuerte drei weitere Male und erwischte einen der weiß gepanzerten Sturmtruppler mit einem Volltreffer vor die Brust.

Jacen und Jaina jagten durch den Korridor. Auch Lowie brauchte keine zweite Aufforderung, brüllte kurz auf und preschte los.

Lando stürmte hinter ihnen her. »Ich glaube, ihr habt recht«, japste er. »Aus irgendeinem Grund sind sie wirklich hinter euch her.«

»Ich bin nur ein einfacher Droide«, wimmerte MTD. »Ich hoffe doch sehr, sie wollen nicht mich.«

Hinter ihnen krachten zwei aufeinanderfolgende dumpfe Explosionen, und eine heiße Schockwelle raste durch die Metallkorridore der Station und brachte die Kinder ins Straucheln.

Lando behielt das Gleichgewicht und fing Jaina auf. »Nach rechts«, keuchte er. »Hier herunter.«

Sie liefen, so schnell sie konnten. Weiteres Blasterfeuer verfolgte sie, dann eine dritte Explosion. Lando biß die Zähne aufeinander. »Das war wirklich kein guter Tag«, stieß er hervor.

»Dem kann ich aus vollem Herzen zustimmen«, tönte MTD an Lowies Hüfte.

»Hier! In die Frachtkammer.« Lando bedeutete den drei anderen, vor der verbarrikadierten Tür der Startkammer stehenzubleiben, wo sie die Frachtkapseln und die Droiden gesehen hatten, die Corusca-Gemmen zur automatischen Verschiffung verpackten.

Er tippte einen Ermächtigungscode ein, aber Landos Finger zitterten. Ein rotes Licht blinkte. »ZUGANG VERWEIGERT«. Lando zischte etwas und tippte die Nummer ein zweites Mal ein. Diesmal blinkte das Licht grün, und die schweren Dreifachtüren öffneten sich mit einem metallischen Seufzen. Drinnen waren die beiden kupfergepanzerten Droiden noch mit dem Beladen der Hyperkapseln beschäftigt. »Entschuldigen Sie«, sagte einer der Droiden in nervösem Ton, »würden Sie bitte diese Explosionen einstellen? Die Vibrationen erschweren uns unnötig die Arbeit.«

Lando ignorierte die Droiden und schob die Kinder in die Halle. »Wir können euch nicht von hier wegschaffen – diese Blasterboote würden euch im Handumdrehen einholen –, aber dies ist der sicherste Raum in der Station. Ich werde draußen die Tür bewachen.« Er packte seine Blasterpistole und versuchte, einen zuversichtlichen Eindruck zu machen.

Lowie knurrte, war offensichtlich in Kampflaune; aber bevor Jacen oder Jaina etwas erwidern konnten, schlug Lando auf den Notschalter. Die dicken Türen fielen mit einem Scheppern zu und schlossen sie in der Kammer ein.

Jacen legte ein Ohr an die dicke Tür und lauschte, aber er konnte nur die gedämpften Kampfgeräusche hören. Lowie, dessen ingwerfarbenes Fell angriffslustig zu Berge stand, knetete seine großen Knöchel. Jaina sah sich in der Kammer nach irgend etwas um, das ihnen zur Verteidigung dienen konnte.

»He, gibt's hier drin einen Waffenschrank?« schrie Jacen die Droiden an. »Habt ihr Waffen?«

Die Droiden unterbrachen das Packen und drehten ihnen die glatten Kupferköpfe zu, an denen optische Sensoren glühten. »Bitte stören Sie uns nicht, Sir«, sagten sie und machten sich wieder an die Arbeit. »Wir haben wichtige Arbeit zu tun.«

Plötzlich wurde das Blasterfeuer lauter. Jaina zog Jacen von der Tür weg, als sie Lando rufen hörte. Das Metall vibrierte unter dem Einschlag von Energieprojektilen, dann wurde es still. Jaina wartete, wich zurück und sah ihrem Zwillingsbruder in die brandyfarbenen Augen. Sie schluckten beide. Lowbacca gab ein dünnes Geräusch wie ein Winseln von sich. Die mehrarmigen Droiden fuhren unbeirrt mit ihrer Arbeit fort.

Ein Funkenschauer prasselte durch die Tür, als sich ein schwerer Laser in sie hineinschnitt und ein Stück herausbrannte.

»Hältst du's für möglich, daß du dir in den nächsten paar Sekunden irgendeine wirkungsvolle Verteidigungsmaßnahme für uns ausdenken kannst?« fragte Jacen.

Jaina durchkämmte ihr Hirn nach einer Idee, aber diesmal ließ ihre Erfindungsgabe sie im Stich.

Die schmelzende und rauchende Tür wurde aufgesprengt. Das gewaltsame Eindringen löste ein weiteres Alarmsignal aus, aber die Geräusche klangen allzu kläglich im ohnehin überwältigenden Lärm der Schlacht um die Gemmentaucher-Station.

Sturmtruppler bahnten sich ihren Weg in die Kammer. Die beiden Packdroiden rollten den Sturmtrupplern entrüstet entgegen. »Achtung, Eindringlinge!« rief einer der beiden. »Ich warne Sie. Unautorisierter Zutritt ist verboten. Sie müssen sofort ...«

Statt zu antworten, feuerten die Sturmtruppler aus allen Waffen und zerschossen die beiden Kupferdroiden zu einem Haufen rauchenden Schrotts, der sich funkensprühend über den Boden verteilte.

Jaina sah Lando bewußtlos auf dem Boden vor der Tür liegen, sein grüner Umhang wie eine Lache unter ihm, der rechte Arm ausgestreckt, die Blasterpistole noch immer in der Hand.

Die hochgewachsene, dunkle Frau schritt herein und funkelte die drei Gefährten mit violetten Augen an. Die Sturmtruppler richteten ihre Blasterpistolen auf Jacen, Jaina und Lowbacca.

»Wartet!« rief Jaina. »Was wollt ihr?«

»Laßt sie nicht eure Gedanken manipulieren«, brüllte die dunkle Frau die Sturmtruppler an. »Betäubt sie!«

Bevor Jaina noch etwas sagen konnte, schossen blaue Lichtbögen auf sie und die anderen zu und überschwemmten sie mit einer Welle der Bewußtlosigkeit.

Jaina wurde schwarz vor Augen.

5

Auf Yavin 4 schritt Tenel Ka auf der Aussichtsplattform des Großen Tempels, in dem Luke Skywalkers Jedi-Akademie untergebracht war, auf und ab. Wie es sich für eine Kriegerin von Dathomir geziemte, trug sie einen schuppigen Panzer, der wie frisch poliert glänzte ... was auch zutraf. Ihr rotgoldenes Haar war zu einem Gewirr zeremonieller Zöpfe geflochten, von denen jeder einzelne mit Federn oder Perlen geschmückt war. Ihre kühlen grauen Augen suchten den bleiernen Himmel nach einem Zeichen des Schiffes ab, in dem die verhaßte Abgesandte ihrer Mutter anreisen würde.

Wind peitschte ihr die Zierzöpfe ins Gesicht, und Tenel Ka wischte sie ungehalten zur Seite. Die feuchte Luft bedrückte sie, wirkte aufgeladen mit Gefahr. Yavins trockene Jahreszeit war vorbei.

Sie spürte eine unangenehme Regung in den Tiefen ihrer Seele, die sie davor warnte, daß irgend etwas geschehen würde, so als könne jeden Moment ein Blitz einschlagen. Sie seufzte. Die Kuriere und Diplomatinnen ihrer Mutter konnten ebenso tödlich wie Blitzschläge sein ...

Sie schreckten nicht davor zurück, einen Feind oder sogar einen Freund zu töten, um sicherzustellen, daß die Person Thronfolgerin von Hapes wurde, die sie am liebsten an der Macht sehen würden. Es gingen Gerüchte, daß die Attentäter ihrer Großmutter Tenel Kas eigenen Onkel, den Bruder ihres Vaters Prinz Isolder, umgebracht hatten.

Sie zuckte zusammen, als ein Regentropfen, warm wie Blut, auf ihren nackten Arm platschte. Obwohl die Luft nicht kalt war, fröstelte sie.

Ihre Gefühle zu ihrer Großmutter waren kompliziert: Sie bewunderte und verachtete die ältere Frau zugleich. Wie ihre Mutter trug Tenel Ka lieber den Eidechsenhautpanzer der Kriegerfrauen von Dathomir als die feinen netzseidenen Gewänder des Königshofs des Hapes-Clusters.

Bisher war es Tenel Ka gelungen, in Beziehung zu ihrer Großmutter auf einem schmalen Grat zwischen Respekt und Feindschaft zu wandern. Sie wußte, wenn sie diese Grenze einmal zu weit überschritt, konnte es gut sein, daß sie selbst Besuch von einem Attentäter bekam ...

Ein verzweigter Blitz knisterte über den verhangenen Himmel, gefolgt von einem krachenden Donner. Wie ein Tier im Käfig schritt Tenel Ka auf der Krone des Tempels hin und her, und ihre Unruhe wuchs mit jeder Sekunde, während sie den Rand der oberen Pyramidenstufe entlangstakste und sich fragte, warum die Gesandte Yfra nicht eintraf. Ihr innerer Aufruhr war so heftig, daß sie Luke Skywalker, der sich zu ihr aufs Aussichtsdeck gesellt hatte, erst bemerkte, als er unmittelbar vor ihr stand.

Der Jedi-Meister legte beide Hände auf ihre Schultern und sah ihr in die Augen. Er strahlte Frieden und Wärme aus, und Tenel Ka spürte, wie sie sich entspannte. »Im Komzentrum wartet eine Nachricht auf dich«, sagte er ruhig. »Hättest du mich gern bei dir, während du mit der Gesandten sprichst?«

Tenel Ka konnte ein widerwilliges Schaudern nicht unterdrücken, wenn sie an die schmallippige Abgesandte ihrer Großmutter dachte. »Ihre Anwesenheit würde ...« Sie machte eine kurze Pause und suchte nach den rechten Worten. »... wäre mir eine Ehre, Master Skywalker.«

Tenel Ka stand aufrecht da und hielt den Kopf hoch, als sie der Gesandten ihrer Großmutter auf dem Sichtschirm des Komzentrums gegenüberstand – eine Gestalt, die trotz aller augenfälligen Grausamkeit noch eine Spur stolzer Schönheit ausstrahlte. Haare und Augen der Gesandten Yfra hatten die Farbe polierten Zinns.

»Unsere Sitzung auf Coruscant hat sich länger als erwartet hingezogen, junge Dame«, sagte Yfra mit einer Stimme, die deutlich zu erkennen gab, daß sie es nicht gewohnt war, unnötige Fragen zu beantworten. »Daher muß unser Besuch bei Ihnen um zwei Tage verschoben werden.«

Tenel Ka ließ sich ihre Fassungslosigkeit nicht anmerken, aber ihr Herz setzte für einen Moment aus. Jacen, Jaina und Lowbacca wären bis dahin längst zurück. Sie warf Luke einen flehentlichen Blick zu.

Der Jedi-Meister trat vor und sprach mit sanfter Stimme: »Vielleicht könnte ich die Prinzessin von Hapes zu einem Treffen auf Coruscant begleiten?« schlug er vor.

Die Gesandte Yfra lächelte auf diese scheinbar freundliche Art, die Tenel Ka von ihr gewohnt war, doch in ihrem Blick lag weder Freundlichkeit noch Güte. »Ich habe strenge Anweisung, die Erbin von Hapes an ihrem Ausbildungsplatz aufzusuchen.«

Tenel Ka öffnete den Mund, um etwas zu erwidern, doch im selben Moment begann neben dem Bildschirm ein Notsignal zu blinken. Luke reagierte sofort. »Gesandte Yfra, wir empfangen gerade eine Nachricht von höchster Priorität. Bitte gedulden Sie sich einen Moment«, sagte er und schaltete auf einen anderen Kanal um, ehe die Gesandte etwas einwenden konnte.

Das dunkle Gesicht von Lando Calrissian erschien auf dem Sichtfeld. Eine besorgt gerunzelte Stirn und ein verwirrter Ausdruck in den trüben Augen verfinsterten seine markanten Züge. Sein Haar und seine Kleidung waren durcheinander, und im Hintergrund heulten Warnsirenen.

»Luke, alter Junge«, krächzte er. »Ich weiß selbst nicht genau, was hier eigentlich passiert ist. Sie haben unsere Abwehrsatelliten lahmgelegt und die Station geentert ... müssen uns betäubt haben. Uns geht's gut, aber ...« Lando schloß die traurigen Augen und biß die Zähne aufeinander. »Jacen, Jaina und Lowbacca sind verschwunden. Man hat sie entführt.«

Luke holte tief Luft. Tenel Ka nahm an, daß er versuchte, sich mit einer Jedi-Beruhigungstechnik unter Kontrolle zu bekommen, aber mit weniger Erfolg als üblich. Sein Körper wirkte entspannt, doch seine klaren blauen Augen blickten mit der Schärfe eines Lasers. Eine Hand hatte er zur Faust geballt und in die Seite gestemmt. »Wer war es?« fragte er mit tonloser Stimme.

Lando schüttelte den Kopf. »Wir wissen nicht, wer die Kinder gekidnappt hat oder warum, aber meine besten Leute arbeiten daran. Sie hatten auf jeden Fall etwas mit dem Imperium zu tun – so viel steht fest.«

»Ich werde binnen einer Stunde auf der Station sein«, sagte Luke und langte nach dem Komsender.

»Warten Sie«, sagte Tenel Ka. »Es sind meine Freunde. Ich weiß, wie sie denken. Ich weiß, was sie tun würden. Ich kann hier nicht tatenlos rumsitzen, während sie in Gefahr sind. Sie müssen mir erlauben, Sie zu begleiten.«

Luke nickte. »Deine Gegenwart würde ... wäre mir eine Ehre«, wiederholte er ihre Worte von vorhin. Sein Blick wandte sich wieder Landos Bild zu. »Wir sind *beide* binnen einer Stunde da«, korrigierte er und schaltete auf die Komfrequenz der Gesandten zurück.

Yfra hatte den Mund aufgerissen, als habe sie nur darauf gewartet, endlich ihren Protest gegen eine so rüde Behandlung anmelden zu können, aber Luke kam ihr zuvor. »Tut mir leid, daß ich Sie warten lassen mußte, aber es ist ein Notfall eingetreten, der sowohl meine als auch die Anwesenheit der Prinzessin erfordert. Ich fürchte, wir müssen alle geplanten Termine verschieben, bis sich die Lage geklärt hat. Bitte richten

Sie dem Königlichen Haus von Hapes unsere respektvollsten Grüße aus.« Mit einer leichten Verbeugung schaltete er den Komkanal ab.

Obwohl sie sich um ihre Freunde sorgte, empfand Tenel Ka eine grimmige Befriedigung über das Geschick, mit dem Master Skywalker die Gesandte Yfra abgefertigt hatte.

Luke sah Tenel Ka an. »Ich bin mir sicher, die Gesandte ist es nicht gewohnt, mit einer so dürftigen Erklärung auf später vertröstet zu werden, aber im Moment haben wir wichtigere Dinge zu tun.«

Tenel Ka nickte enthusiastisch. »Das ist eine Tatsache.«

Tenel Ka bemühte sich, die Ereignisse objektiv und nüchtern zu betrachten, während Master Skywalker das Shuttle fachmännisch auf die Gemmentaucher-Station zusteuerte. Sie mußte einen klaren Kopf bewahren, damit ihr kein Hinweis entging, der ihr helfen könnte, die drei jungen Jedi wiederzufinden – die besten Freunde, die sie je gehabt hatte.

Die vielfarbigen Lichter der Station blinkten, als die Schotten der Landebucht aufglitten und Luke Skywalker das Shuttle zum Andocken hineinflog. Zu jedem anderen Zeitpunkt hätte Tenel Ka ihre Umgebung bewundert, die Kunstfertigkeit und das handwerkliche Geschick, das in die Konstruktion der Station eingeflossen waren – aber in dem Moment, als die Ausstiegsluken der Raumfähre sich öffneten, packte sie ein Gefühl lauernder Gewalt und Dunkelheit. *Irgend etwas stimmte hier nicht.*

Zerzaust und mitgenommen empfing Lando Calrissian sie am Shuttle. Mit einer knappen Geste forderte er Luke und Tenel Ka auf, ihm zu folgen, und führte sie in die Frachtbucht, wo die entscheidende Auseinandersetzung stattgefunden hatte.

Tenel Ka ließ ihre Blicke durch die Kammer schweifen und

bemerkte die Brandspuren der Blaster an den Wänden und der Decke des äußeren Korridors, die erkalteten Rinnsale aus geschmolzenem Plastahl, die Metallsplitter überall. Dann sah sie, wie Luke auf ein Knie niedersank, beide Hände auf den Boden preßte und sich mit flatternden Augenlidern konzentrierte.

»Ja, hier ist es geschehen«, murmelte er. Nachdem er einige Male tief durchgeatmet hatte, fixierte er Lando mit dem eindringlichen Blick seiner blauen Augen. »Mach dir keine Vorwürfe«, sagte er. »Du hast gut gekämpft.«

Landos Gesicht war voller Reue, und er schüttelte den Kopf. »Aber nicht gut genug, alter Junge. Ich konnte sie nicht retten.« Eine Spur von Zorn und Selbstverachtung schlich sich in seine Stimme. »Ich habe nur daran gedacht, meine Station zu verteidigen – ich dachte, es wären Piraten, die mir meine Corusca-Gemmen stehlen wollten. Als ich merkte, daß sie es auf die Kinder abgesehen hatten, war's schon zu spät.«

Tenel Ka fiel auf, daß Luke seinem Freund weder Vorwürfe machte noch ihn entschuldigte. Er hörte einfach nur zu.

Als Lando weitersprach, geschah es mit ganz leiser Stimme. »Wenn ihr irgend etwas braucht, um sie zu finden – meine Station, ein Schiff, eine Mannschaft ... was immer ihr wollt ...«

Landos Hilfsangebot wurde vom Erscheinen seines Assistenten Lobot unterbrochen, an dessen Hinterkopf ständig neue Lichtmuster aufleuchteten. »Wir haben das Leck in der unteren Frachtbucht Nummer vierunddreißig flicken können«, sagte er ohne Einleitung.

Lando wandte sich Luke und Tenel Ka zu. In seinem Gesicht spiegelte sich maßlose Empörung. »Sie haben uns aufgeschlitzt wie eine Dose Notproviant.«

Der kahle Cyborg nickte bestätigend. »Sie waren speziell dafür ausgerüstet, einen Teil der Hülle zu entfernen.«

»Ich kenne nur ein Material«, fuhr Lando fort, »das hart genug ist, um derart schnell Durastahl zu durchschneiden, und das sind ...«

»... Corusca-Gemmen«, beendete Luke für ihn den Satz.

»Von Industriequalität«, fügte Lobot hinzu.

»Richtig«, sagte Lando mürrisch. »Sie haben *unsere eigenen Gemmen* gegen uns eingesetzt.«

»Und zwar extrem seltene und teure«, erklärte Lobot. »Nicht jeder kann sich das leisten.«

Tenel Ka sah in Lukes Augen eine plötzliche Hoffnung aufblitzen. »Können Sie uns sagen, an wen solche Gemmen verkauft wurden?«

Lando zuckte die Achseln. »Wie mein Freund schon sagte, sind Gemmen von industrieller Qualität ziemlich selten. Wir haben seit der Eröffnung unserer Station erst zwei Ladungen verkauft.« Er warf seinem Cyborg-Assistenten einen fragenden Blick zu.

Lobot drückte eine Schaltfläche an seinem Kopf und legte ihn schräg, als lausche er einer Stimme, die nur er zu hören vermochte. Wenige Sekunden später nickte er. »Beide Ladungen gingen an unseren Zwischenhändler auf Borgo Prime.«

»Kannst du herausfinden, an wen er sie weiterverkauft hat?« fragte Luke.

»Das bezweifle ich«, sagte Lando. »Gemmen-Händler sind ziemlich diskret. Sie arbeiten zu guten Konditionen, aber geben niemals die Namen ihrer Abnehmer bekannt – wahrscheinlich befürchten sie, daß wir sie sonst bei unseren Geschäften übergehen könnten.«

»Dann müssen wir eben selbst nach Borgo Prime und es herausfinden«, sagte Tenel Ka mit finsterer Entschlossenheit.

Luke warf ihr ein warmes Lächeln zu, dann drehte er sich wieder zu Lando um. »Was ist Borgo Prime denn eigentlich?«

»Ein Asteroiden-Raumhafen und Handelszentrum. Und außerdem ein Treffpunkt für Kaufleute, Diebe, Mörder,

Schmuggler ... den Abschaum der Galaxis eben.« Lando grinste Luke kurz an. »Fast so wie Mos Eisley auf Tatooine. Du wirst dich auf Anhieb zu Hause fühlen.«

Tenel Ka blieb schweigend im Hintergrund, als Master Skywalker vor den Bildschirm im Komzentrum der Gemmentaucher-Station trat.

Han Solo hatte einen Arm um seine Frau Leia gelegt, die auf der anderen Seite von Lowies Onkel Chewbacca gestützt wurde.

Tenel Ka betrachtete die Bilder auf dem Monitor und kam zu dem Schluß, daß Leia Organa Solo in diesem Moment mehr wie eine besorgte Mutter als wie eine mächtige Politikerin aussah.

»Aber Luke, es sind *unsere* Kinder«, sagte sie. »Wir können nicht einfach die Hände in den Schoß legen, wenn sie in Gefahr sind.«

»Niemals!« pflichtete Han ihr bei.

»Natürlich nicht«, beruhigte sie Luke. »Aber als Staatschefin der Neuen Republik kannst du es nicht riskieren, dich in Gefahr zu bringen. Mobilisiere deine Streitkräfte. Veranlasse eine Untersuchung. Setze Spione und Sondendroiden auf den Vorfall an. Aber bleib, wo du bist. Wir brauchen dich als zentrale Sammelstelle für Informationen.«

»Also gut, Luke«, erwiderte Leia. »Wir werden vorläufig von Coruscant aus arbeiten, aber wenn wir alles getan haben, was von hier aus möglich ist, werden wir persönlich nach ihnen suchen.«

»Ich werde dich mit dem *Falken* abholen kommen«, sagte Han.

»Gib mir zehn Standardtage«, bat Luke. »Ich habe eine Spur, der ich sofort folgen muß, bevor die Fährte kalt wird. Wir müssen sofort los. Aber wir halten dich über unsere Fortschritte auf dem laufenden.«

»Wir?« fragte Han. »Wird Lando dich begleiten?«

»Nein«, erwiderte Luke. »Die Thronerbin von Hapes wird mich mit ihrer Gesellschaft beehren«, sagte er und deutete auf Tenel Ka.

»Wir sind dankbar für Ihren Beistand, Eure Hoheit«, sagte Leia förmlich.

Tenel Ka nickte mit einer kurzen, steifen Verbeugung in Richtung Bildschirm. »Jacen, Jaina und Lowbacca bedeuten mir mehr als königliche Ehren«, sagte sie. »Sie sind meine Freunde.«

Leias Gesicht wurde weicher. »Dann schulde ich Ihnen außerdem meine Dankbarkeit als Mutter.« Chewbacca brummelte etwas, das Tenel Ka nur als Zustimmung interpretieren konnte.

»Keine Sorge, wir werden sie finden«, sagte Luke mit leicht ungeduldigem Tonfall. »Aber wir müssen jetzt aufbrechen.«

Han hob das Kinn und lächelte Luke an. »Okay, mach, daß du fortkommst, alter Junge.«

Kurz bevor die Komverbindung unterbrochen wurde, fügte Leia noch einen Satz hinzu:

»Und möge die Macht mit euch sein.«

6

Das erste, was Jaina – noch halb bewußtlos – wahrnahm, war Lowie, der sie an den Schultern gepackt hielt und kräftig schüttelte. Der schlaksige Wookiee wimmerte vor Sorge, bis sie endlich stöhnend aufwachte und mit den Augen blinzelte.

Ein Schub unangenehmer Gefühle durchfuhr sie: Übelkeit, schmerzende Gelenke, ein pochendes Dröhnen im Kopf – Nachwirkungen der Stunnerstrahlen der Sturmtruppler. Der menschliche Körper war nicht dafür geschaffen, von einem Energiestrahl umgehauen zu werden. Auch in ihren Ohren summte es, aber ihr Instinkt verriet ihr, daß die Geräusche echt waren – die ratternden Vibrationen eines mächtigen Hyperantriebs.

Noch unsicher, ob sie es riskieren konnte, eine etwas aufrechtere Position einzunehmen, drehte Jaina vorsichtig den Kopf. Sie, Jacen und Lowbacca waren in einem kleinen, in seiner Funktion schwer einzuschätzenden Raum untergebracht. Jaina atmete einmal tief durch, kratzte ihren glatten braunen Schopf und tastete mit den Händen über ihren ölverschmierten Overall, um sich zu vergewissern, daß noch alles intakt war.

Jaina fuhr mit einem Ruck auf, als ihr wieder einfiel, was sich in der Gemmentaucher-Station abgespielt hatte. Eine neue Welle der Betäubung überschwemmte sie, und der Schmerz in ihren Schläfen schien zu explodieren. Sie keuchte, dann zwang sie sich zu entspannen und wartete, bis der Schmerz ein wenig abflaute. »Wo sind wir?« fragte sie schließlich. Jacen saß bereits auf einer schmalen Pritsche, rieb sich die cognacfarbenen Augen und strich mit den Fingern durch sein zerzaustes Haar. Er sah verwirrt drein, und Jaina konnte den tiefen inneren Aufruhr spüren, der in ihrem Bruder tobte. »Keine Ahnung«, sagte er.

Auch Lowbacca gab einen verstörten, fragenden Laut von sich.

»Wenigstens sind wir noch zusammen«, meinte Jaina. »Und Fesseln angelegt haben sie uns auch nicht.« Sie hielt die Hände hoch und konnte es selbst kaum glauben, daß die Imperialen ihre Gefangenen weder gefesselt noch voneinander getrennt hatten. In einer Wandnische entdeckte sie einen Wasserkrug und ein Tablett mit Essen. Ganz offensichtlich hatte Lowie bereits einige der Früchte gekostet.

»He, ich frage mich, was mit den Leuten in der Gemmentaucher-Station passiert ist. Was, meint ihr, haben sie mit Lando angestellt?« fragte Jacen.

Jaina schüttelte den Kopf. Ihr war immer noch übel. »Ich habe ihn bewußtlos auf dem Boden liegen sehen, bevor sie uns betäubt haben. Aber ich glaube nicht, daß sie ihn umbringen wollten. Sie waren auch nicht hinter Corusca-Gemmen her. Es scheint fast so, als wären sie nur wegen *uns dreien* gekommen.«

»Ja ... da kommt man sich schon wertvoll vor, was?« pflichtete Jacen ihr mürrisch bei. Lowie brummte etwas.

Jaina stand auf und streckte ihre Glieder. Allmählich fühlte sie sich etwas besser. »Ich glaube, ich hab's einigermaßen überstanden. Wie sieht's bei euch aus?«

Jacen lächelte beruhigend, und Lowie nickte mit dem zottigen Kopf. Die schwarze Fellsträhne über seinen Augenbrauen sträubte sich vor Unbehagen.

Unbewußt registrierte Jaina, daß irgend etwas fehlte. Sie sah auf den Gürtel des Wookiee und stellte erschrocken fest, daß der miniaturisierte Übersetzer-Droide verschwunden war.

»Lowie! Was ist mit MTD passiert? Nun sag schon, wo ist er geblieben?«

Lowie gab einen seltsam traurigen Laut von sich und klopfte sich auf die Hüfte.

»Die Imperialen müssen ihn mitgenommen haben«, sagte Jaina. »Was wollen sie bloß?«

»Oh, nur die Galaxis übernehmen, jede Menge Ärger machen ... einen Haufen Leute niedermetzeln – ihr wißt schon, das Übliche«, frotzelte Jacen. Er trat an die flache Metalltür. »Hmmm ... wahrscheinlich ist die abgesperrt, aber man kann's ja mal versuchen«, sagte er und tippte auf den Bedienungselementen herum.

Zu Jainas Überraschung glitt die Tür mit einem Summen auf

und gab den Blick frei auf den Rücken eines Wachmanns, der in Habachtstellung unmittelbar davor stand. Ein Sturmtruppler mit einem schädelartigen weißen Helm wandte sich zu ihnen um.

»Au Mann!« rief Jacen und senkte gleich wieder die Stimme. »Na, wenigstens öffnet sich die Tür.«

»Vielleicht haben sie einfach keine Ahnung, wie man die Tür absperrt«, sagte Jaina. »Vergiß nicht, wie grob und unzuverlässig die Technik des Imperiums ist.« Sie ließ ihre Stimme vor Sarkasmus triefen, damit der Wachmann es auf jeden Fall mitbekam. »Und du weißt, was für lausige Panzerungen die Sturmtruppler tragen. Die könnten wahrscheinlich nicht einmal einem Wasserblaster standhalten.«

»Wir gehen einfach an ihm vorbei«, flüsterte Jacen ihr verstohlen zu, als er sah, daß der Sturmtruppler sich nicht rührte. »Vielleicht wird er uns nicht aufhalten.«

Der Sturmtruppler schulterte sein Blastergewehr. »Wartet hier.« Die durch den weißen Helm gefilterte Stimme klang flach, doch irgendwie bedrohlich. Der Wachmann sprach leise etwas in sein Helminterkom, dann sperrte er die drei jungen Jedi-Ritter wieder in ihre Zelle ein.

Sie saßen einen Moment lang in angespanntem Schweigen da. »Vielleicht könnten wir ein paar Witze erzählen«, schlug Jacen vor.

Bevor Jaina eine passende Antwort einfiel, zischte die Zellentür wieder auf. Diesmal stand neben dem Sturmtruppler die hochgewachsene, finstere Frau, die den Überfall auf die Gemmentaucher-Station angeführt hatte. Jaina schnappte nach Luft.

Das schwarze Haar der großen Frau floß ihr in dunklen Wellen über die Schultern, und ihr ebenholzfarbener Umhang funkelte von Splittern geschliffener Edelsteine, schmiegte sich um sie wie ein nächtlicher Sternenhimmel. Ihre violetten

Augen strahlten in einem Gesicht, das so blaß war, als wäre es aus polierten Knochen geschnitzt. Ihre Lippen hatten die Farbe dunklen Weins, so als habe sie gerade eine überreife Frucht gegessen. Die Frau war schön – auf eine grausame Art.

»Na also, Jedi-Ritter, dann seid ihr ja endlich wach«, blaffte sie. Ihr Stimme war tief und voll, ohne den scharfen Unterton, den Jaina erwartet hatte. »Zuerst einmal muß ich euch sagen, wie furchtbar *enttäuscht* ich von euch bin. Ich hatte mir mehr Widerstand von so begabten Studenten erhofft, die bereits geübt sind im Umgang mit der Macht. Eure Jedi-Verteidigung war jämmerlich! Aber das werden wir ändern. Ihr werdet neue Techniken kennenlernen. Bessere Techniken.«

Die Frau wirbelte auf einem Absatz herum und zog den schwarzen Umhang wie eine Rauchwolke hinter sich her. »Folgt mir«, sagte sie und trat in den Korridor.

»Nein«, erwiderte Jaina. »Für wen halten Sie sich eigentlich? Warum haben Sie uns gegen unseren Willen hierhergebracht?«

»Ich sagte, *folgt mir*!« wiederholte die Frau. Als die jungen Jedi-Ritter keinerlei Anstalten machten, ihrem Befehl Folge zu leisten, streckte sie ihnen ihre lackierten Nägel entgegen und schnippte mit den Fingern.

Plötzlich hatte Jaina das Gefühl, als lege sich eine unsichtbare, elastische Schnur um ihren Hals. Die Frau krümmte den Zeigefinger und zog Jaina wie ein Schoßtier an der Leine zu sich. Jaina geriet ins Stolpern, als das unsichtbare Seil sie aus der Zelle zerrte.

Lowbacca und Jacen bäumten sich gegen ähnliche Fesseln der Macht auf, und der Wookiee jaulte vor Widerwillen. Doch trotz aller Gegenwehr wurden alle drei Kinder an unsichtbaren Stricken taumelnd und strauchelnd in den Korridor gezogen.

»Wir können das den ganzen Weg bis zur Brücke so fortsetzen, wenn ihr wollt«, sagte die Frau, und ihre tiefroten Lippen formten ein spöttisches Lächeln. »Oder ihr könnt eure Kräfte für eine etwas aussichtsreichere Gelegenheit zum Widerstand aufsparen.«

»Ja, gut«, krächzte Jaina, die spürte, daß die Frau über dunkle Jedi-Kräfte verfügte, mit denen sie sich nicht messen konnte – zumindest noch nicht.

Als die unsichtbaren Fesseln von ihnen abfielen, standen die drei Freunde keuchend und zitternd da und sahen sich ebenso wütend wie beschämt an. Sie wußten, daß sie geschlagen waren.

Jaina erholte sich als erste. Sie schluckte schwer, straffte sich, reckte das Kinn hoch und folgte der Frau in Schwarz. Ihr Bruder und Lowie trotteten hinter ihr her.

»Wer sind Sie?« fragte Jaina nach einer Weile.

Die Frau blieb unvermittelt stehen, als müsse sie erst darüber nachdenken, ehe sie antwortete. »Mein Name ist Tamith Kai. Ich bin vom neuen Orden der Schwestern der Nacht.«

»Schwestern der Nacht? Sie meinen wie die auf Dathomir?« fragte Jacen.

Jaina erinnerte sich an die Geschichten, die ihre Freundin Tenel Ka erzählt hatte, wenn sie an der Reihe war, die anderen zu erschrecken, bevor sie die Jedi-Beruhigungstechniken übten – Geschichten von den schrecklichen bösen Frauen, die einst die Zivilisation auf Tenels Heimatplaneten entstellt hatten.

Tamith Kai sah Jacen an, und ihre weinroten Lippen erstarrten in einem Ausdruck zwischen Unmut und Belustigung. »Du hast von uns gehört? Gut. Mein Planet ist reich an Talenten, die über die Macht gebieten, und das Imperium hat die Erneuerung unseres Ordens gefördert. Jetzt wird euch vielleicht klar, daß Widerstand zwecklos ist. Kooperation dagegen wird reich belohnt.«

»Wir werden niemals mit Ihnen kooperieren«, rief Jaina kämpferisch.

»Ja, ja«, sagte Tamith Kai wie gelangweilt. »Alles zu seiner Zeit.«

»He, wo bringen Sie uns hin?« fragte Jacen, der laufen mußte, um mit seiner Schwester Schritt zu halten. Lowie schlenderte hinter ihm her und fummelte mit viel Gebrumm an seiner Hüfte herum. Er schien MTD tatsächlich zu vermissen.

»Das werdet ihr noch früh genug erfahren«, erwiderte die Schwester der Nacht. »Wir werden den Hyperraum bald verlassen.«

Alle vier traten auf eine Liftplattform, die sie eine Ebene höher trug und sich auf die Brücke des flüchtenden Schiffs öffnete. Der einzige Pilot saß ihnen abgekehrt in einem gepolsterten Sitz mit hoher Rückenlehne und beugte sich über das Kontrollpult. Durch die Sichtluken der Brücke sah Jaina die wirbelnden Farben des Hyperraums.

Der Pilot streckte die rechte Hand aus und legte sie an einen Hebel, als der Countdown begann. Bei Null riß er den Hebel herunter, und der Hyperraum glättete sich augenblicklich zur sternenfunkelnden Finsternis des Normalraums.

»Wir sind in der Nähe der Kernsysteme«, sagte Jaina sofort, als sie die dichten Sternenfelder und die Ströme interstellarer Gase sah, die sich nahe des Zentrums der Galaxis zusammenballten.

Die dichtgedrängten Kernsysteme waren die letzte Bastion imperialer Macht; nicht einmal die Streitkräfte der Neuen Republik hatten sie von hier ganz vertreiben können. Aber das Schiff war nicht in unmittelbarer Nähe eines bestimmten Systems aus dem Hyperraum aufgetaucht – es hing einfach inmitten einer sternengesprenkelten Dunkelheit im leeren Raum.

»Wir haben unseren Bestimmungsort erreicht, Tamith Kai«, sagte der Pilot und wirbelte in seinem hohen Stuhl herum.

Jainas Herz machte einen Sprung, als sie das ausgezehrte, verbitterte Gesicht und stahlgraue Haar des ehemaligen TIE-Piloten erkannte, der vor so vielen Jahren auf Yavin 4 gestrandet war.

»Qorl!« rief Jacen.

Lowie knurrte wütend.

Qorl hatte sie in den Urwäldern überfallen, als die jungen Jedi-Ritter seinen abgestürzten TIE-Jäger entdeckt und zu reparieren versucht hatten. Der imperiale Pilot hatte auf Lowie und Tenel Ka geschossen, ihre Flucht in den dichten Dschungel jedoch nicht verhindern können. Dafür war es ihm gelungen, Jacen und Jaina gefangenzunehmen.

»Ich grüße euch, meine jungen Freunde. Ich habe mich nie dafür bedankt, daß ihr mein Schiff repariert und mir die Rückkehr in mein Reich ermöglicht habt.«

»Du hast uns verraten!« schrie Jaina und konnte ihre Wut auf den Mann, dem die Gehirnwäsche anzumerken war, kaum zügeln. Während ihrer Gefangenschaft hatten die Zwillinge sich mit Qorl angefreundet und am Lagerfeuer Geschichten erzählt. Jaina war sicher gewesen, daß der TIE-Pilot allmählich zur Vernunft kommen und einsehen würde, daß das Imperium nur auf Lügen basierte. Aber am Ende hatte Qorls militärische Konditionierung sich als zu stark erwiesen.

»Ich bin wie ein Soldat heimgekehrt und habe Bericht erstattet«, entgegnete Qorl mit dumpfer Stimme. »Diese Menschen haben mich akzeptiert und ... und mir die Augen geöffnet. Ich habe sie über eure Existenz unterrichtet – mächtige junge Jedi-Ritter, die nur darauf warten, ausgebildet zu werden und dem Imperium zu dienen.«

»Niemals«, zischten Jaina und Jacen wie aus einem Mund, und Lowbacca pflichtete mit einem Knurren bei.

Tamith Kai sah spöttisch auf sie hinunter. An der Seite von Qorl sah die dunkelhaarige Frau noch imposanter, noch majestätischer aus. »Euer Zorn ist gut«, sagte sie. »Schürt ihn. Laßt ihn wachsen. Wir werden ihn uns zunutze machen, wenn die Ausbildung beginnt. Vorläufig allerdings ... haben wir unser Ziel erreicht.«

Lowie gab ein ungläubiges Grummeln von sich.

Jaina sah durch die Frontsichtluke hinaus und versuchte sich zu beruhigen. Master Skywalker hatte sie gewarnt, daß ein Jedi-Ritter, der seinem Zorn nachgab, der dunklen Seite der Macht erliegen würde. Sie durfte nicht die Beherrschung verlieren. Mit blinder Gewalt würde sie nichts erreichen, das wußte sie; es mußte eine andere Möglichkeit geben.

»Wir sind mitten im leeren Raum«, sagte Jaina. »Was könnte es hier schon Interessantes geben?«

»Der Raum ist nicht immer leer«, erklärte Tamith Kai. Der melodische Tonfall ihrer sonoren Stimme ließ den Eindruck entstehen, als sei sie in Gedanken ganz woanders. »Die Dinge sind nicht immer, was sie zu sein scheinen.«

Qorl überprüfte an seinem Platz die Koordinaten, dann tippte er einen Sicherheitscode ein. »Übertragung jetzt«, sagte er.

Tamith Kai richtete die scharfen Blicke ihrer violetten Augen auf die jungen Jedi-Ritter. »Ihr seid im Begriff, in eine neue Phase eures Lebens einzutreten«, sagte sie und deutete auf die Sichtluken. »Paßt auf.«

Der Weltraum flimmerte, als würde ein unsichtbares Tuch fortgerissen. Plötzlich hing eine torusförmige Raumstation wie ein überdimensionaler Donut vor ihnen im leeren Raum. Geschützstellungen säumten den Außenrand auf voller Länge, zeigten in alle Richtungen und ließen die Station wie das Stachelhalsband irgendeines gefährlichen Raubtiers erscheinen. Hohe Beobachtungstürme ragten wie Stalagmiten von einem Ende der Station empor.

Jaina schluckte schwer.

»Tarnfeld aus«, meldete Qorl.

»Seht's euch gut an«, sagte Tamith Kai, ohne selbst den Sichtschirmen auch nur die geringste Beachtung zu schenken. Ihre Augen funkelten die Kinder mit violettem Glanz an. »Hier werdet ihr zu Dunklen Jedi ausgebildet ... zum Wohle des Imperiums.«

»Wir müssen umgehend andocken und das Tarnschild wieder aktivieren«, erinnerte sie Qorl.

Die Schwester der Nacht nickte, schien ihn gar nicht richtig gehört zu haben. Sie wandte den Blick nicht eine Sekunde von den jungen Jedi-Rittern ab.

»Willkommen in der Schatten-Akademie«, flüsterte sie.

7

Tenel Ka schob eine Hand unter die Sicherheitsgurte des Kopilotensitzes und kratzte an dem groben, ungewohnten Material ihrer Verkleidung. Sie wünschte sich zum dutzendsten Mal, ihren bequemen Reptilienpanzer zu tragen, der ebensoviel Komfort wie Schutz bot und niemals ihre Haut reizte.

Sie hatte den Großteil der Reise nach Borgo Prime eingeschüchtert vor sich hin gebrütet und sich zu keinem Gespräch aufraffen können. Neben ihr saß Master Skywalker – der berühmteste und angesehenste Jedi in der ganzen Galaxie – und steuerte ruhig und souverän die *Off Chance,* einen alten Blockadebrecher, den Lando in einem Sabaccspiel gewonnen hatte und angeblich nicht mehr benötigte.

Tenel Kas Großmutter hatte darauf bestanden, daß die standesgemäße Erziehung des Mädchens auch Diplomatie und die korrekten Umgangsformen mit Personen jeder Spezies, jedes Rangs, Alters oder Geschlechts umfaßte. Tenel Ka war zwar kein Plappermaul, aber auch nicht schüchtern; doch aus irgendeinem Grund brachte sie, allein mit dem eindrucksvollen Jedi-Meister in der Enge des winzigen Cockpits, keinen Ton heraus. Sie versuchte nachzudenken, aber ihr Gehirn schien wie leergefegt. Trägheit klebte an ihr wie die schweißfeuchte Kleidung, die sie trug. Sie rutschte unruhig auf ihrem Sitz hin und her und versuchte ein nervöses Gähnen zu unterdrücken.

Luke hatte ein Lächeln in den Mundwinkeln, als er ihr einen Seitenblick zuwarf. »Müde?«

»Nicht viel geschlafen«, erwiderte Tenel Ka. Es war ihr peinlich, daß er ihre Erschöpfung bemerkt hatte. »Schlecht geträumt.«

Luke kniff für einen Moment die blauen Augen zusammen, als versuche er sich an etwas zu erinnern. Dann schüttelte er den Kopf. »Ich habe auch nicht besonders gut geschlafen – aber müde oder nicht, wir können es uns nicht erlauben, Fehler zu machen. Gehen wir noch einmal die Geschichte durch, die wir ihnen auftischen wollen. Also, wer bist du?«

»Wir sind Kaufleute von Randoni. Wir vermeiden es, Namen zu benutzen. Aber wenn es sich nicht umgehen läßt, sind Sie Iltar, und ich bin Ihre Cousine, Ihr Mündel Beknit. Wir handeln mit archäologischen Artefakten und scheuen nicht davor zurück, die Gesetze zu brechen, um Profit zu machen. Wir kommen gerade von einer geheimen archäologischen Ausgrabung auf ...« Sie machte eine kurze Pause und durchforstete ihr Gedächtnis nach dem Namen des Planeten.

»Ossus«, ergänzte Luke.

»Ach ja. Genau«, sagte Tenel Ka. »Ossus.« Sie atmete tief durch, während sie sich den Namen einprägte, dann fuhr sie fort. »Auf Ossus haben wir eine Schatzkammer entdeckt, die mit dem Siegel der Alten Republik gesichert war. Die Schatzkammer ist tief im Fels versteckt und mit so massiven Metallplatten gepanzert, daß kein Blaster oder Laser sie durchdringen kann. Wir wagen es nicht, die Felsdecke zu sprengen, weil wir dabei den Schatz zerstören könnten. Wir hoffen, auf Borgo Prime an Corusca-Gemmen von Industriequalität zu kommen, um mit ihnen die Panzerung zu durchschneiden und die Schatzkammer zu öffnen. Wir sind bereit, für die richtige Sorte Gemmen ordentlich zu zahlen.«

Tenel Ka sah interessiert zu, wie der matte, klumpige Asteroid Borgo Prime in den vorderen Sichtluken langsam näher rückte. Der Felsbrocken war ausgehöhlt, über Generationen hinweg von Asteroiden-Bergwerkern auf der Suche nach den verschiedensten Mineralien – immer mit Blick auf die jeweilige Situation des Marktes – mit Gängen durchlöchert worden. Aber vor mehr als einem Jahrhundert war Borgo Prime auch der letzten nennenswerten Bodenschätze beraubt worden – und zurückgeblieben war ein schwammartiges Netzwerk aus miteinander verbundenen Höhlen, vollständig ausgestattet mit allen Lebenserhaltungsanlagen und Transport-Luftschleusen, die Asteroiden-Bergwerker benötigten. Es war eine Kleinigkeit gewesen, die stillgelegte Mine in einen geschäftigen Raumhafen zu verwandeln.

Luke sendete die Standardanfrage um Landeerlaubnis und bekam sie ohne Schwierigkeiten erteilt.

»Sie haben uns Andockbucht neunundvierzig zugewiesen«, sagte Luke. »Und, bist du bereit, Beknit?«

Tenel Ka nickte nüchtern. »Natürlich, Iltar.«

Luke musterte sie einen Moment lang und machte ein besorgtes Gesicht. »Es könnte da unten ziemlich ungemütlich werden, weißt du. Wie Lando schon sagte, auf Borgo Prime wimmelt es von gewissenlosen Subjekten – Diebe, Mörder, Geschöpfe, die so leichthin töten, wie sie einem guten Tag sagen.«

»Ah ja, verstehe«, sagte Tenel Ka und hob eine Augenbraue. »Hört sich an wie ein Besuch am Hof meiner Großmutter auf Hapes.«

Die beiden Randoni-Kaufleute, ›Iltar‹ und sein Mündel ›Beknit‹, ließen ihren Blockadebrecher in der Andockhalle hinter einem gewaltigen Hangartor zurück und gingen über den Fußweg, der Borgo Primes größtes Raumdock mit seinem Geschäftsbezirk verband, tief ins Innere des Asteroiden hinein.

Trotz ihrer gründlichen Vorbereitung mußte Tenel Ka sich immer wieder daran erinnern, daß sie sich wie eine erfahrene Geschäftsfrau zu benehmen hatte, die es gewohnt war, auf solchen Raumhäfen zu verkehren. Sie bestaunte mit offenem Mund die vorgefertigten Unterkünfte, die die Innenwände auskleideten, und die grellen Lichter der Alien-Etablissements in den separaten Atmosphärekuppeln, die sie umgaben.

Dieser Ort unterschied sich so grundlegend von der primitiven, ungezähmten Welt Dathomir. Selbst Hapes mit seinen heiteren, erhabenen Städten – manche davon größer als dieser ganze Asteroid – hatte nichts gemein mit den heruntergekommenen, wenngleich protzig beleuchteten Einrichtungen des Raumhafens, die vor Leben kochten. Über ihren Köpfen, hinter dem durchscheinenden, gewölbten Plastahl, der einen Riß in der Decke abdichtete, waren die Sterne im grellen Licht Borgo Primes kaum zu erkennen.

Luke legte eine kurze Pause ein und gab Tenel Ka etwas Zeit, sich zu sammeln. »Du hast so etwas noch nie gesehen, was?« fragte er.

Sie schüttelte den Kopf, ging weiter und suchte nach den passenden Worten, um ihre wirren Gefühle auszudrücken. »Ich ... ich komme mir idiotisch vor. Völlig fehl am Platze.« Sie scharrte mit den Füßen über den Gehweg, der mit bunten, leuchtenden Werbetafeln gepflastert war.

Sie blieb stehen, um eine, dann noch eine zu lesen. Die erste war mit einer phosphoreszierenden Schrift bedruckt, die aufleuchtete, als Tenel Ka näher trat:

BORGO LANDING
RAUMDOCKS STUNDEN- ODER MONATSWEISE

Auf der nächsten stand einfach:

INFO-POOL
ERMITTLUNGEN ALLER ART
ABSOLUT DISKRET

Sie schüttelte den Kopf. »Ein merkwürdiger Ort ist das hier«, sagte sie. »Er stößt mich ab und ... und fasziniert mich zugleich.«
»Du brauchst dir das nicht anzutun, weißt du«, sagte Luke. »Ich kann das allein erledigen.«
Er hatte natürlich recht, mußte Tenel Ka sich eingestehen – ein unangenehmer Gedanke. Sie warf den Kopf zurück und fuhr sich mit fahriger Hand übers Haar, das sie, wie auf Randoni üblich, offen trug, so daß es in einer Kaskade rotgoldener Wellen über ihre Schultern fiel. Sie versuchte sich selbstsicher zu geben, aber eine eisige Faust des Zweifels krampfte ihr den Magen zusammen. »Ich werde tun, was ich tun muß, um meine Freunde zu retten«, sagte sie mit so schroffer und geschäftsmäßiger Stimme, wie sie vermochte. »Wo ist das Nest oder der Bienenstock, von dem Lando geredet hat?«
Luke deutete auf eine weitere leuchtende Reklametafel zu ihren Füßen. »Ich glaube, wir haben ihn gerade gefunden«, sagte er mit erfreutem Gesichtsausdruck.

SHANKOS BIENENSTOCK
EXQUISITE DRINKS UND UNTERHALTUNG
ALLE RASSEN, JEDES ALTER

Das flache Bild zeigte einen insektoiden Barkeeper, der ein Dutzend Drinks mit seinen vielgelenkigen, chitinösen Armen feilbot. Eine Reihe blinkender, in den Gehweg eingelassener Pfeile deutete die Richtung an, in der der ›Bienenstock‹ zu finden war.

Ein plötzlicher Anfall von Lampenfieber überkam Tenel Ka, aber sie wußte, wie wichtig es war, daß sie jetzt nicht aus der Rolle fielen. Sie strich ihre Kleidung glatt, räusperte sich und sah Luke an. »Du mußt nach deiner langen Reise durstig sein, Iltar«, sagte sie.

»Ja. Danke, Beknit«, kam seine Antwort. »Ich könnte einen Drink vertragen.« Dann beugte er sich zu ihr und fragte mit gedämpfter Stimme: »Bist du dir wirklich sicher, daß du das durchziehen willst?«

Tenel Ka nickte entschlossen. »Ich bin zu allem bereit.«

»Ich habe auf einem Asteroiden dieser Größe kein derart geräumiges Etablissement erwartet«, sagte Tenel Ka und legte den Kopf in den Nacken, um die abgerundeten Rippen von Shankos kegelförmigem Bienenstock zu betrachten, einem graugrünen Bau, der in seinem eigenen Atmosphärefeld eingeschlossen war. Der Bau erhob sich mindestens einen Viertelkilometer über die innere Fläche von Borgo Prime.

Furcht und Unsicherheit verursachten ein Kitzeln in ihrem Magen, und sie machte eine kurze Pause, um tief durchzuatmen. Zu Tenel Kas großem Verdruß umspielte eine leichte Belustigung Master Skywalkers Augen. »Du weißt, was uns da drin erwartet, ja?« fragte er.

»Diebe«, antwortete sie.

»Mörder«, fügte er hinzu.

»Lügner, Abschaum, Schmuggler, Verräter ...« Ihre Stimme verlor sich.

»Fast so wie die Familie daheim auf Hapes?« fragte er mit einem leicht neckischen Lächeln.

Als Thronerbin von Hapes hatte Tenel Ka bereits professionellen Attentätern gegenübergestanden, so wie ihr Vater Prinz Isolder vor ihr. Wenn sie das verkraftete, dann sicher auch eine kleine Raumhafen-Kantine.

»Danke«, sagte sie und ergriff den Arm, den er ihr hinhielt. »Ich bin jetzt bereit.«

Luke schob einen Passierchip in den kleinen Schlitz neben der Tür. »Versuchen wir, so unauffällig wie möglich zu bleiben.« Die Tür glitt auf.

Das erste, was Tenel Ka sah, als sie durch die Tür trat, war der insektoide Barkeeper Shanko, der über drei Meter aufragte.

Der Raum war von einem unbeschreiblichen Geruch erfüllt, dessen Ursprung sie nicht einmal erahnen konnte – nicht gerade angenehm, aber auch nicht direkt abstoßend. In der Luft hingen Rauchschwaden, die von einer Vielzahl brennender Gegenstände aufstiegen: Pfeifen, Kerzen, Räucherwerk, Torfbrocken in flammenden Sumpflöchern, sogar Kleidung oder Felle einzelner Gäste, die einem der Feuer zu nahe gekommen waren.

Wortlos deutete Luke mit dem Kinn in Richtung Bar. Selbst wenn er laut gesprochen hätte, wäre in dem Lärm von einem Dutzend verschiedener Bands, die Hits aus allen möglichen Systemen spielten, sicher kein einziges Wort an Tenel Kas Ohr gedrungen.

Glücklicherweise hatten sie sich schon vor dem Eintreten darauf geeinigt, wo sie ihre Erkundigungen beginnen würden. Da sie wußten, daß auf Randon das weibliche Mündel hoch angesehen war – vor allem als potentielle Erbin – und immer zuerst bedient wurde, trat Tenel Ka an die Bar, um ihre Bestellung aufzugeben.

»Willkommen, Rrrrreisssssende«, schnarrte Shanko, breitete drei Paare vielgelenkiger Arme aus und verbeugte sich so tief, daß sein fühlerbewehrter Kopf fast die Theke berührte.

»Ihre Gastfreundschaft ist ebenso willkommen wie die Aussicht auf eine Erfrischung«, erwiderte Tenel Ka.

»Sosssso, dann sind Sssie ja gut unterrichtet«, sagte Shanko. »Sind Ssssie vielleicht eine Gelehrte? Oder eine Diplomatin?«

»Sie ist mein Mündel«, warf Luke beiläufig ein.

»Dann isssst essss mir allerdings eine Ehre, Sssie zu bedienen«, bemerkte Shanko und richtete sich zu seinen vollen drei Metern auf.

»Ich hätte gern eine Gelbe Randonipest«, sagte Tenel Ka, ohne mit der Wimper zu zucken. »Gekühlt. Am besten eine doppelte.«

»Und ich einen Verzögerten Terminator«, fügte Luke hinzu.

Die Schutzmembranen über den Facettenaugen des Barkeepers blinzelten zweimal überrascht. »Dasss wird nicht oft bessstellt. Ein ssstarker Drink, nicht wahr?« Er schien für einen Moment verwirrt, dann erzeugte er tief in seinem Brustkorb ein Geräusch, das halb wie ein Gurgeln und halb wie Summen klang und das Tenel Ka nur als ein Lachen interpretieren konnte. »Ssssoll's ein programmierter oder ein turbulenter sssein?«

»Ein turbulenter natürlich«, erwiderte Luke.

»Ah, da issst jemand risssikofreudig«, sagte Shanko und tippte mit zwei Vorderbeinen anerkennend auf die Theke.

Dann wurden seine Arme zu einem unüberschaubaren Knäuel aus wirbelnden Bewegungen. Er zog an Hebeln, drückte Knöpfe, füllte Becher und Fläschchen und mixte alles in allem ihre Drinks in kürzerer Zeit, als es gedauert hatte, sie zu bestellen.

»Es gibt keinen Profit ohne Risiken«, sagte Luke und nahm von einem der vielen Arme Shankos den Drink entgegen.

Tenel Ka beugte sich vor und senkte die Stimme. »Wir suchen Informationen«, sagte sie und zog eine kleine Kette mit

Corusca-Gemmen hervor, die sie bis zu diesem Moment unter dem rauhen Stoff ihres Umhangs versteckt hatte.

Shanko nickte verständig. »Wir haben die besssten Informanten im ganzen Sssektor. Es gibt sssogar einen Hutt.« Er zeigte auf einen Bereich rechts von der Bar. »Wenn Sssie dort nicht finden, was Sssie sssuchen«, sagte er mit unverhohlenem Stolz, »dann finden Sssie esss nirgendwo auf Borgo Prime.«

Sie dankten Shanko und schlenderten lässig in die angegebene Richtung. Die Musik der Band wurde geringfügig dumpfer, als sie sich durch das Gewimmel von Gästen drängten, die genußvoll ihre Lieblingsgetränke schlürften. Die Menge war so dicht, daß Tenel Ka nicht erkennen konnte, wohin sie gingen.

Luke an ihrer Seite blieb kurz stehen und schloß die Augen. »Hm, ein Hutt als Informant?« überlegte er laut. »Das sind die besten, die man bekommen kann.«

Tenel Ka spürte ein leichtes Prickeln, während sie zusah, wie er mit Hilfe der Macht die Gedanken der Umstehenden abtastete. Auch sie versuchte sich einen Eindruck zu verschaffen, doch benutzte sie nur ihre grauen Augen. Ein flüchtiger Blick offenbarte nichts Bemerkenswertes. Sie schaute zur offenen Kegelspitze des Bienenstocks empor und betrachtete die geschwungenen Treppen, die sich an seiner gerippten Innenseite hinaufwanden und – den Schildern an den Wänden nach zu urteilen – in Spielhöllen und Unterkünfte führten.

Luke schlug die Augen auf. »Gut, ich habe ihn.« Er faßte Tenel Ka am Arm und bahnte sich einen Weg durch die Menge. Sie kamen an einer Batterie von Stimulationslampen vorbei, wo eine Gruppe photosensitiver Kunden sich im Rhythmus lautloser stroboskopischer ›Musik‹ wand und zuckte.

Sie fanden den Hutt-Informanten hinter einem niedrigen

Tisch an der Rückwand des Bienenstocks, wo er sich häuslich niedergelassen hatte. Ein kleiner Ranater mit graubraunem Fell und zuckenden Schnurrhaaren stand neben ihm. Der Hutt war für einen Vertreter seiner Rasse ungewöhnlich dünn und hätte auf seiner Heimatwelt kein großes Ansehen genossen. Vielleicht war das der Grund, warum er auf Borgo Prime Geschäfte machte, dachte Tenel Ka.

»Wir benötigen eine Information und sind bereit, gut dafür zu bezahlen«, sagte Luke ohne Einleitung.

Der Hutt nahm ein kleines Datenbrett, das vor ihm auf dem Tisch lag, und drückte einige Knöpfe.

»Wie heißen Sie?« fragte er.

»Wie heißen *Sie* denn?« fragte Tenel Ka und hob leicht das Kinn.

Der Hutt kniff die Augen zu Schlitzen zusammen, und Tenel Ka hatte den Eindruck, daß der Informant sie neu einschätzte. »Natürlich«, sagte er. »Solche Dinge sind nebensächlich.«

Luke zuckte die Achseln. »Und jede Information hat ihren Preis.«

»Natürlich«, wiederholte der Hutt. »Bitte nehmen Sie Platz und verraten Sie mir, was Sie brauchen.«

Luke setzte sich auf die Repulsorbank, stellte die Höhe ein und bedeutete Tenel Ka, an seiner Seite Platz zu nehmen, unmittelbar neben einer hohen, dichtbelaubten Zierpflanze. Luke genehmigte sich einen kräftigen Schluck von dem Drink in seiner Hand, doch als Tenel Ka ihren Becher an die Lippen setzte, warf er ihr einen warnenden Blick zu. Als der Hutt sich herabbeugte, um mit seinem Ranater-Assistenten eine kurze Rücksprache zu halten, nahm Luke die Gelegenheit wahr, ihr etwas zuzuflüstern. »Dieser Drink könnte dich so umhauen, daß du erst als Greisin wieder aufwachst.«

»Ach so«, sagte Tenel Ka. »Na so was.« Sie stellte den Becher mit einem dumpfen Knall auf dem Tisch ab.

Als der Ranater schließlich davonflitzte, um zu erledigen, was immer ihm der Hutt aufgetragen hatte, begannen Luke und Tenel Ka ihre ausgedachte Geschichte zu erzählen, sorgsam darauf bedacht, nicht mehr Informationen preiszugeben, als sie für angebracht hielten.

Während sie auf den Hutt einredeten und dabei jede unbedeutende Kleinigkeit weitschweifig ausschmückten, sorgten die übrigen Gäste des Bienenstocks für das übliche Chaos einer lärmenden, geschäftigen Bar. Aus mehreren düsteren Ecken dröhnte das zischende Krachen von Blaster-Duellen, und riesige gepanzerte Rausschmeißerdroiden rollten umher, um Köpfe aneinanderzuschlagen und jeden Kunden hinauszuwerfen, der nicht für das Durcheinander bezahlen wollte, das er angerichtet hatte.

Eine Bande von Schmugglern spielte ein gefährliches Spiel mit Raketendarts; einer von ihnen verfehlte das auffällige Ziel an der Wand und erwischte mit einem der kleinen, flammenden Wurfgeschosse die Flanke eines flauschigen Talz mit weißem Pelz. Das Geschöpf schrie vor Schmerz und Schreck auf, als sein Fell Feuer fing, und ließ seinen Zorn an dem betrunkenen Ithorianer aus, der neben ihm saß.

Große Kunden versuchten kleinere Kunden zu verspeisen, und die Bands spielten immer weiter, so wie Shanko unaufhörlich seine Drinks mixte. Doch der Hutt-Informant ließ sich durch nichts ablenken.

Während sie erzählten, nippte Luke ab und zu an seinem Drink, und Tenel Ka suchte nach einer Möglichkeit, wie sie ihren wieder loswerden konnte. Als der Ranater zurückkam und sich erneut mit dem Hutt beriet, streckte sie rasch einen Arm aus und kippte die Hälfte ihres Drinks in die Pflanze neben ihrem Stuhl.

Erst als der Stengel heftig zu zittern begann und die Blätter sich kräuselten, begriff Tenel Ka, daß es sich bei dem Busch nicht um einen Zierstrauch handelte, sondern um einen Kunden, der selbst eine Pflanze war! Sie flüsterte eine Entschuldigung und wandte sich gerade noch rechtzeitig wieder ihrem Tisch zu, um den Ranater mit dem Datenbrett des Hutt und einem neuen Auftrag davoneilen zu sehen.

Der Ranater kam wenig später zurück, gefolgt von einem bärtigen Mann, der auffällig humpelte.

»Der Ranater hier sagte, es werden keine Namen genannt. Soll mir recht sein«, begann der Bärtige und setzte sich auf den Tisch. »Er sagte auch, daß Sie an industriereinen Corusca-Gemmen interessiert sind. Da bin ich der einzige, der Ihnen weiterhelfen kann. Von Industriequalität ... da wären Sie früher oder später sowieso auf mich gekommen.«

»Dann sind Sie also ein Einkäufer?« fragte Tenel Ka, ohne nachzudenken.

Der Bärtige schnaubte. »Sagen wir mal, ich bin ein Mittelsmann.«

Ein zweites Mal berichtete Luke so knapp wie möglich von der Schatzkammer auf Ossus, und es dauerte nicht lang, bis sie sich auf den Preis für eine Corusca-Gemme der gewünschten Qualität geeinigt hatten.

Als das Geschäftliche erledigt war, versuchte Luke den Mittelsmann auszuhorchen, wer sonst noch Gemmen in dieser Größe und Reinheit liefern könne. Die Blicke seines Gegenübers wurden mißtrauisch und wachsam. »Keine Namen – das war so vereinbart«, sagte er störrisch.

Tenel Ka zauberte eine weitere Kette mit zarten Corusca-Gemmen hervor, die sie um den Hals getragen hatte, und legte sie auf den Tisch neben das Geld, das sie und Luke bereits für die große Gemme bezahlt hatten.

»Sie verstehen sicher unsere Vorsicht«, sagte Luke. »Wir müssen wissen, ob jemand die Möglichkeit hat, uns die Artefakte vor der Nase wegzuschnappen.«

Der Mittelsmann nahm die Gemme in die Hand und begutachtete sie sorgfältig. »Da kann ich Ihnen nicht viel sagen«, erwiderte er mit gedämpfter Stimme. »Die letzte Ladung großer Industriegemmen wurde von einer Einzelperson aufgekauft. Eine Großbestellung.«

»Können Sie ihre Schiffe beschreiben oder uns sagen, von welchem Planeten sie gekommen sind?« hakte Luke nach.

Der bärtige Mittelsmann blickte immer noch nicht auf. »Weiß nicht genau. Ich hab nie ein Schiff zu Gesicht bekommen. Ich weiß nur, daß sie sich ... äh, Herrin der Finsternis ... nein, Tochter der Dunkelheit oder so ähnlich genannt hat.«

Tenel Ka hielt den Atem an, und sie spürte, wie Luke an ihrer Seite erstarrte. »Sie meinen, eine ... eine *Schwester der Nacht*?« fragte Tenel Ka mit zittriger Stimme.

»Ja, genau! Schwester der Nacht«, sagte der Mittelsmann. »Komischer Name.«

Luke sah Tenel Ka für einige Sekunden fest in die Augen.

»Danke, meine Herren«, sagte Luke gedehnt. »Wenn Sie recht haben, dann, fürchte ich, hat diese ›Schwester der Nacht‹ vielleicht schon einige unserer Schätze entwendet.«

8

Jacen stand hinter Qorls Pilotensitz und biß sich auf die Lippe. Tamith Kai, die Schwester der Nacht, ragte machtvoll und bedrohlich über ihnen auf. Er warf Jaina einen Blick zu, hielt es aber für aussichtslos, irgendwelchen Widerstand zu leisten.

Zumindest im Moment.

Andocktore am Außenrand der Schatten-Akademie glitten in der Stille des Weltraums auf und enthüllten eine dunkle, höhlenartige Bucht, umsäumt von gelben Blitzlichtern, die Qorls Schiff den Weg ins Innere wiesen. Der imperiale Pilot bediente die Instrumente mit grimmigem Ehrgeiz, und Jacen bemerkte, daß sein lädierter rechter Arm – der seit dem Absturz seines TIE-Jägers auf Yavin 4 nie ganz verheilt war – angeschwollen war, von der Schulter an abwärts in schwarzes Leder gepackt, umwickelt mit Riemen und Batteriesets.

»Qorl, was ist mit deinem Arm passiert?« fragte Jacen. »Haben sie ihn geheilt, wie wir es eigentlich an der Jedi-Akademie tun wollten?«

Qorl ließ sich vom Andockmanöver ablenken und richtete seine gehetzten, glanzlosen Augen auf den Jungen. »Sie haben ihn nicht geheilt«, sagte er. »Sie haben ihn *ersetzt*. Ich habe jetzt einen Droidenarm, der ist viel besser als mein alter. Stärker und wesentlich funktioneller.« Er beugte seinen lederumwickelten Arm.

Jacen hörte das leise Surren von Servomotoren. Ein Anflug von Übelkeit erfaßte ihn. »Das ist unnötig gewesen«, sagte Jacen. »Wir hätten dich in einem Bactatank behandeln oder ein Medidroid hätte sich um dich kümmern können. Im schlimmsten Fall wärst du mit einer biomechanischen Prothese ausgestattet worden, die wie ein echter Arm aussieht – sogar mein Onkel hat so eine. Es war nicht notwendig, dir einen Droidenarm zu verpassen.«

Qorls Gesicht blieb ausdruckslos, und er wandte seine Aufmerksamkeit wieder den Aufgaben eines Piloten zu. »Mag sein, aber daran ist nun nichts mehr zu ändern. Dieser Arm jedenfalls ist besser und stärker.«

Das imperiale Schiff schwebte in die Andockbucht, und weiterhin beleuchteten pulsierende Lichterketten die glänzenden Metallwände. Ein von Transparistahl umschlossener Leitstand mit eckigen Fenstern ragte über ihnen aus der Innenwand. Jacen konnte kleine Gestalten erkennen, die an

Kontrollelementen herumhantierten und Qorls Schiff in die Bucht lotsten.

Das Schiff sackte mit einem verhaltenen Rums in die Bucht. Die Tore der Andockbucht fielen hinter ihnen zu und schlossen die Gefangenen in die bedrohliche Schatten-Akademie ein.

Tamith Kai sprach über den Komkanal. »Tarnschild aktivieren«, befahl sie mit ihrer tiefen Stimme, die so unerbittlich und zwingend wie ein Traktorstrahl war.

Obwohl Jacen einen Unterschied weder sehen noch spüren konnte, wußte er, daß die große Raumstation verschwunden und an ihre Stelle die Illusion eines leeren Raums getreten war. Niemand würde sie hier finden.

Flankiert von einer Sturmtruppler-Eskorte, schob Tamith Kai die Kinder die Ausstiegsrampe hinunter, fort von dem Angriffsschiff, das sie aus der Gemmentaucher-Station entführt hatte. Sie führte sie durch die Bucht zu einer breiten roten Tür, die sich bei ihrem Näherkommen öffnete.

Auf der anderen Seite stand ein jung wirkender Mann in einem silbrig wallenden Umhang. Seine glatte Haut und sein seidig blondes Haar schienen zu glänzen. Es war eines der *schönsten* menschlichen Wesen, die Jacen je gesehen hatte – perfekt gebaut wie die Holosimulation eines idealen Mannes oder das aus Alabaster gemeißelte Meisterwerk eines Bildhauers. Ein Kontingent Sturmtruppler stand mit geschulterten Blastergewehren hinter ihm.

»Willkommen, neue Rekruten«, sagte er mit einer sanften Stimme, in der melodische Untertöne mitschwangen. »Ich bin Brakiss, Leiter der Schatten-Akademie.«

Jacen hörte seine Schwester keuchen und konnte einen eigenen überraschten Aufschrei nicht unterdrücken. »Brakiss?« fragte er fassungslos. »Tausend Blasterblitze! Wir haben von dir gehört. Du warst der Spitzel des Imperiums, der in Master

Skywalkers Akademie unsere Trainingsmethoden ausspionieren sollte.«

Brakiss lächelte amüsiert.

»Stimmt genau«, fuhr Jaina aufgeregt fort. »Master Skywalker hat herausbekommen, wer du warst, aber als er versuchte, dich zur hellen Seite zu bekehren – dich zu *retten* –, konntest du der Verderbtheit in dir selbst nicht ins Auge sehen.«

Brakiss' Lächeln verblaßte für keinen Augenblick. »Ach, so stellt er das hin? Master Skywalker und ich sind uns ... sagen wir mal, über bestimmte Einzelheiten der Ausbildung nicht einig gewesen. Aber wenigstens hatte er eine gute Idee: Er hat recht damit gehabt, den Orden der Jedi-Ritter neu zu beleben. Er hat begriffen, daß die Jedi die Säulen und Bewahrer der Alten Republik waren. Sie haben die zerstrittene alte Regierung geeint und noch am Leben gehalten, als sie schon längst den Keim der Anarchie in sich trug.«

»Und heute, da die Überbleibsel der imperialen Streitkräfte in Anarchie verfallen sind, brauchen *wir* ihre einigende Kraft. Wir haben bereits einen mächtigen neuen Führer gefunden, einen neuen Imperator« – Brakiss lächelte –, »aber was uns noch fehlt, sind eigene, Dunkle Jedi-Ritter, Imperiale Jedi, die unsere Splittergruppen einen und uns die Entschlossenheit verleihen, die niederträchtige und gesetzlose Regierung der Neuen Republik zu stürzen und ein Zweites Imperium zu errichten.«

»He, *unsere Mutter* regiert die Neue Republik!« rief Jacen dazwischen. »Sie ist nicht niederträchtig. Und sie foltert oder entführt auch niemanden.«

»Das ist alles eine Frage des Standpunkts«, erwiderte Brakiss barsch.

»Wer ist denn dieser neue Führer überhaupt?« unterbrach Jaina. »Habt ihr euch nicht schon einmal auf einen gemeinsamen Führer zu einigen versucht – und euch am Ende um die Reste des Imperiums gerauft? Es wird nicht funktionieren.«

»Sei still!« herrschte Tamith Kai sie mit bedrohlicher Stimme an. »Ihr werdet keine Fragen stellen; ihr werdet euch einer Gehirnwäsche unterwerfen. Ihr werdet zu mächtigen Kriegern ausgebildet, die im Dienste des Imperiums kämpfen.«

»Das glaube ich nicht«, trotzte Jacen.

Das Gesicht seiner Schwester lief vor Wut rot an. »Wir werden nicht mit Ihnen kooperieren. Sie können uns nicht einfach mitnehmen und erwarten, daß wir Ihre fleißigen kleinen Studenten werden. Master Skywalker und unsere Eltern werden die ganze Galaxie durchkämmen, um uns zu finden. Und sie *werden* uns finden, und dann wird Ihnen dies alles fürchterlich leid tun.«

Hinter ihnen knurrte Lowie und breitete die langen Arme aus, als wolle er jeden Augenblick etwas in Stücke reißen, so wie es sein Onkel Chewbacca angeblich immer tat, wenn er ein Holospiel verlor.

Sofort legten die Sturmtruppler ihre Gewehre auf den wütenden Wookiee an.

»He, schießt nicht auf ihn!« sagte Jacen und trat zwischen die Sturmtruppler und Lowie.

Jaina schlug einen autoritären Ton an, der Jacen völlig überraschte. »Was habt ihr mit MTD angestellt, Lowies Übersetzer-Droide? Er braucht ihn, um mit uns zu kommunizieren – es sei denn, dieser freundliche Sturmtruppler hier beherrscht die Wookiee-Sprache.«

»Er wird seinen kleinen Droiden zurückbekommen«, sagte Tamith Kai, »sobald er einer ... einer entsprechenden Neuprogrammierung unterzogen worden ist.«

Brakiss wandte sich an die Sturmtruppler und klatschte in die Hände. »Wir bringen sie jetzt in ihre Quartiere«, sagte er. »Die Ausbildung muß umgehend beginnen. Das Zweite Imperium hat einen dringenden Bedarf an Dunklen Jedi-Rittern.«

»Ihr werdet uns nie umdrehen«, sagte Jaina. »Ihr vergeudet nur eure Zeit.«

Brakiss sah sie an, lächelte nachsichtig und stand eine Zeitlang schweigend da. »Ihr werdet noch erleben, wie sich euer Denken verändert«, sagte er. »Warum wartet ihr's nicht einfach ab?«

Die Sturmtruppler bildeten eine bewaffnete Eskorte, als sie über die scheppernden Metallplanken marschierten.

Die Schatten-Akademie war nicht so gemütlich und anheimelnd wie Landos Gemmentaucher-Station. Keine in Pastelltönen gestrichenen Wände; keine beruhigenden Melodien oder Naturgeräusche aus verborgenen Lautsprecheranlagen – nur schroffe Statusberichte und Chronometertöne, die jede Viertelstunde zu hören waren. Mit Schablonen gemalte Beschriftungen markierten die Türen. In unregelmäßigen Abständen an die Wände montierte Computerterminals zeigten Karten der Station und den aktuellen Stand komplizierter Simulationen.

»Dies ist ein Ort der Askese«, erklärte Tamith Kai, als Jacen die kalten, nüchternen Wände anstarrte. »Wir legen keinen Wert auf luxuriöse Unterkünfte wie in eurer Dschungelakademie. Allerdings haben wir darauf geachtet, daß jeder von euch ein eigenes Quartier erhält, damit ihr ungestört meditieren, eure Hausaufgaben machen und euch in der Beherrschung der Macht üben könnt.«

»Niemals!« rief Jaina.

»Wir würden lieber zusammenbleiben«, fügte Jacen hinzu.

Lowie knurrte zustimmend.

Tamith Kai hielt abrupt inne und sah auf sie hinunter. »Es interessiert mich nicht, was *euch* lieber wäre!« sagte sie, und ihre violetten Augen funkelten. »Ihr werdet tun, was man euch sagt.«

Sie erreichten eine Kreuzung zweier Korridore, und hier teilten sie sich in drei Gruppen. Brakiss führte die Sturmtruppler, die Jaina umstanden, in den Gang zu ihrer Rechten. Eine größere Gruppe von Wachmännern, die ihre Waffen schußbereit im Anschlag hielten, half Tamith Kai, Lowbacca wegzuführen. Die übrigen Wachen schlossen sich um Jacen und eskortierten ihn in den linken Korridor.

»Wartet!« rief Jacen, fuhr herum und warf seiner Schwester einen, wie ihm scheinen wollte, letzten Blick zu. Jaina starrte ihn an, die brandyfarbenen Augen vor Entsetzen weit aufgerissen, doch als sie stolz das Kinn hob, schöpfte auch Jacen neuen Mut. Sie würden eine Möglichkeit finden, von hier zu entfliehen.

Die Wachen schubsten ihn durch einen langen Korridor mit einer endlosen Reihe scheinbar identischer Türen. Schließlich machten sie vor einer von ihnen halt. Studentenquartiere, schoß es Jacen durch den Kopf.

Die Tür zischte auf, und die Sturmtruppler stießen Jacen in eine kleine, ungemütliche Kammer mit nackten Wänden. Er konnte weder Lautsprecher noch irgendwelche Bedienungselemente entdecken – nichts, was auch nur irgendwie eine Kommunikation mit der Außenwelt ermöglicht hätte.

»Soll ich hier etwa bleiben?« fragte er ungläubig.

»Ja«, sagte der Anführer der Sturmtruppler.

»Aber was ist, wenn ich etwas brauche? Wie soll ich jemanden verständigen?« fragte Jacen.

Der Truppler wandte ihm seine totenkopfartige Plastikmaske zu, um ihn direkt anzusehen. »Dann wirst du eben *aushalten* müssen, bis jemand nach dir sieht.«

Die Sturmtruppler traten zurück und überließen Jacen hilflos und allein der Enge seiner Kammer.

Und um es noch schlimmer zu machen, ging im gleichen Moment das Licht aus.

9

Tenel Ka erwachte eingeengt und zusammengekrümmt in pechschwarzer Finsternis, umgeben von dumpfen Vibrationen. Ihr Herz hämmerte eine hastige Kadenz, und Schweiß kribbelte auf ihrer Haut. Ein unangenehmes, bohrendes Gefühl, daß etwas ganz und gar nicht in Ordnung war, nagte in ihr. Sie versuchte sich aufzusetzen und stieß mit dem Kopf hart gegen den unnachgiebigen Boden der Koje über ihr. Sie unterdrückte einen wütenden Aufschrei, als ihr wieder einfiel, daß sie sich an Bord der *Off Chance* befand. Das half ihr, sich etwas zu entspannen – aber nur ein wenig.

Nach ihrem Gespräch mit dem Hutt-Informanten auf Borgo Prime waren Luke und Tenel Ka sich darüber einig gewesen, daß ihre Aussichten, Jacen, Jaina und Lowbacca zu finden, am größten waren, wenn sie sich direkt nach Dathomir begaben, dem einstigen Heimatplaneten der Schwestern der Nacht. Ihr einziger Hinweis war diese mysteriöse Frau, von der der Mittelsmann auf Borgo Prime gesprochen hatte. Sie mußten herausfinden, wer sie war und ob sie die Zwillinge und Lowbacca in ihrer Gewalt hatte.

Luke hatte Tenel Ka eindringlich gebeten, während des Fluges ein wenig zu schlafen. Es war die erste Gelegenheit zum Ausruhen, die sie seit der Entführung ihrer Freunde hatte, und Tenel Ka nahm sie dankbar wahr.

Und so hatte sie, abgeschirmt von Licht und Geräuschen, in einer der Kojen an Bord der *Off Chance* geschlafen, doch ihre Ruhe war erneut von düsteren Träumen gestört worden. Sie betätigte einen Schalter am Kopfende und zuckte zusammen, als grelles Kabinenlicht die Schlafkammer erfüllte. Sie rollte sich auf den Bauch, schwang die Beine über den Kojenrand und ließ sich die anderthalb Meter bis auf den Boden der Kabine hinabgleiten. Indem sie ihren wirren Schopf rotgoldener Haare schüttelte, reckte Tenel Ka sich zu voller Größe und genoß den Bewegungsspielraum, den ihr strapazierfähiger, geschmeidiger Eidechsenpanzer ihr ließ. Sie war froh, sich wieder wie eine Kriegerin kleiden zu können.

Das unbehagliche Gefühl, das von ihrem Traum zurückgeblieben war, hielt an, als Tenel Ka sich ins Cockpit begab und neben Luke auf dem Kopilotensitz Platz nahm. Durch die Frontsichtluke beobachtete sie die Farbwirbel, die erkennen ließen, daß die *Off Chance* sich im Hyperraum befand.

Luke blickte von den Kontrollen auf. »Hast du etwas schlafen können?«

»Darauf können Sie wetten«, sagte sie und legte ihre Sicherheitsgurte an. Dann nahm sie eine Strähne ihres üppigen Haars und flocht sie zu einem Zopf, in den sie einige der Federn und Perlen einwebte, die sie in einem Gürtelbeutel mit sich trug.

»Aber du hast nicht *gut* geschlafen, stimmt's?«

Sie blinzelte, als er sie das fragte, und staunte, daß es ihm aufgefallen war. »Auch darauf können Sie wetten.«

Luke erwiderte nichts. Er wartete einfach, und mit wachsendem Unbehagen wurde ihr klar, daß er auf eine Erklärung wartete.

»Ich ... ich hatte einen Traum«, begann sie. »Es ist nicht wichtig.«

Seine ausdrucksvollen blauen Augen musterten prüfend ihr Gesicht. Als er wieder redete, tat er es mit gedämpfter Stimme. »Ich sorge mich um dich.«

Sie zog eine Grimasse und zuckte mit den Schultern. »Es ist ein Traum, den ich schon einmal hatte.«

Seine Augenlider fielen für einige Sekunden zu, und er legte den Kopf schräg, nicht anders, als würde er sie mit offenen Augen betrachten.»... die Schwestern der Nacht?« fragte er schließlich.

»Ja. Es ist kindisch«, gab sie zu. Ihre Wangen röteten sich vor Verlegenheit.

»Seltsam ... Ich habe auch von ihnen geträumt«, sagte Luke.

Tenel Ka sah ihn ungläubig an. »Ich habe einmal geglaubt, sie seien bloß eine Legende, die Mütter und Großmütter auf Dathomir erzählen, um kleine Kinder zu erschrecken. Aber die Schwestern der Nacht sind restlos ausgemerzt worden. Wie könnte noch eine übrig sein?«

»Die Menschen von Dathomir besitzen häufig ein großes Machtpotential, und wenn es jemand darauf anlegen würde, sie im Bösen zu unterrichten, hätte er vermutlich keine besonderen Schwierigkeiten«, erklärte er. Er ließ sich in den Pilotensitz zurücksinken und starrte in den Hyperraum hinaus, als würden alte Erinnerungen in ihm aufsteigen. »Ich bin einmal vor vielen Jahren – bevor du geboren wurdest – nach Dathomir gereist, um Jacen und Jainas Eltern Han und Leia zu suchen. Das war zu der Zeit, als ich deine Mutter und deinen Vater kennenlernte und wir unsere Kräfte vereinten, um die letzte der Schwestern der Nacht abzuwehren.«

Tenel Ka sah ihn neugierig an. Über diesen Teil der Geschichte sprachen ihre Eltern nur selten. »Meine Mutter hält große Stücke auf Sie«, sagte sie und hoffte, er würde ihr mehr verraten.

Luke warf ihr einen neckischen Blick zu. »Aber hat sie dir nie erzählt, wie wir uns kennengelernt haben? Daß sie mich *gefangengenommen* hat?«

»Sie meinen doch nicht ...«, stotterte Tenel Ka. »Sie hat doch wohl nicht ernsthaft geglaubt ...«

Luke amüsierte sich über ihre Bestürzung. »Das ist eine Tatsache.«

»Oh, Master Skywalker!« Tenel Ka japste vor Empörung bei

dem Gedanken, Luke könnte ein Opfer der primitiven Hochzeitsbräuche geworden sein, die sie selbst immer als verschroben und provinziell betrachtet hatte. Auf Dathomir war es nicht üblich, daß die Frau den Mann, den sie heiraten wollte, zunächst nach seiner Meinung fragte. Sie nahm ihn erst einmal gefangen. Hatte Teneniel Djo, ihre Mutter, etwa dergleichen mit Luke Skywalker angestellt?

Es trieb ihr neue Schamesröte ins Gesicht, als ihr klarwurde, daß ihre Mutter den größten Jedi-Meister der Galaxie gefangengenommen und erwartet hatte, daß er sie heiratete und Vater ihrer Kinder wurde. Dann aber fand sie die Situation derart komisch, daß sie etwas tat, was man sonst nur selten bei ihr erlebte – sie kicherte.

»Meine Mutter hat mir immer eingeschärft, man müsse einem Jedi Respekt entgegenbringen, und vor allem Ihnen, Master Skywalker; aber ... bitte nehmen Sie's nicht persönlich«, sie keuchte und hatte Tränen in den Augen vor Lachen, »ich bin wirklich froh, daß sie keinen Erfolg hatte.«

Luke, der immer noch lächelte, streckte einen Arm aus und drückte ihre Schulter, weil er dasselbe dachte. »Ich auch. Deine Eltern gehören zusammen.«

»Ich liebe meinen Vater, wissen Sie«, sagte Tenel Ka und wurde ernster, »und meine Mutter auch.« Sie seufzte tief.

»Und du hast deinen Freunden nie erzählt, wer deine wirklichen Eltern sind«, erwiderte Luke. »Warum?«

Tenel Ka wand sich unbehaglich in ihren Sicherheitsgurten, die ihr plötzlich viel zu eng vorkamen. Sie hatte oft über dieses Problem nachgegrübelt und war immer wieder zu demselben Schluß gekommen. »Es ist schwer zu erklären«, sagte sie. »Ich schäme mich meiner Eltern nicht, falls Sie das meinen. Ich bin stolz, daß meine Mutter in solchem Maße über die Macht gebietet und daß sie, eine Kriegerin von Dathomir, jetzt über den ganzen Hapes-Cluster herrscht. Und ich bin stolz auf meinen Vater und das, was er aus sich gemacht hat, trotz seiner Herkunft – ganz gleich, wer ihn aufgezogen hat.«

Luke nickte verständig. »Deine Großmutter?«

»Ja«, knirschte Tenel Ka. »Auf *diesen* Zweig meiner Familie bin ich nicht stolz. Meine Großmutter ist machthungrig. Sie manipuliert. Ich bin mir nicht einmal sicher, ob sie weiß, was Liebe ist.« Sie hatte etwas trostlos Verwirrtes im Gesicht, als sie sich Luke zuwandte. »Doch mein Vater ist klug und liebevoll. Er ist nicht so wie sie.«

»Nein, er nicht«, sagte Luke. »Vor langer Zeit hat dein Vater Isolder einen sehr schweren und mutigen Entschluß gefaßt. Als er erkannte, daß deine Großmutter so machtversessen war, daß sie jeden umbringen würde, der sich ihr in den Weg stellte, weigerte er sich, sich weiterhin von ihr unterrichten zu lassen. Sie ist eine starke, stolze Frau, aber ihre Lektionen vergiften den Geist. Er entschied sich statt dessen dafür, das Leben zu respektieren und zu ehren, in welcher Gestalt auch immer es ihm begegnen mochte. Die schwierige Entscheidung deines Vaters war die richtige.«

Tenel Ka nickte. Bittere Gedanken quälten sie. »Auf meinem Geschlecht lastet die Schuld von Generationen blutrünstiger, machthungriger Tyranninnen. Ich bin *nicht* stolz darauf, daß ich in die Herrscherfamilie von Hapes hineingeboren wurde«, spuckte sie förmlich heraus. »Ich möchte nicht, daß meine Freunde in mir die Thronerbin sehen, weil ich nichts dafür kann, es mir nicht ausgesucht habe, es nicht verdiene.«

Luke machte ein nachdenkliches Gesicht. »Jacen und Jaina würden das verstehen. Ihre Mutter ist eine der mächtigsten Frauen in der Galaxis.«

Tenel Ka schüttelte heftig den Kopf. »Bevor ich es ihnen erzähle, muß ich mir selbst beweisen, daß ich nicht so bin wie meine Ahnen. Ich habe mich dafür entschieden, nur auf das stolz zu sein, was *ich selbst* erreicht habe, zuerst durch meine eigene Stärke, dann durch den Gebrauch der Macht – nie durch eine ererbte politische Macht. Meine Eltern sind sehr stolz darauf, daß ich mich entschlossen habe, eine Jedi zu werden.«

»Ich verstehe«, sagte Luke. »Du hast einen schwierigen Weg gewählt.« Er lächelte sie warm an. »Das ist ein guter Anfang für eine Jedi.«

10

Am nächsten Tag wurde Jainas Freude, ihren Bruder wiederzusehen, von Tamith Kais Gegenwart und der Tatsache überschattet, daß sie von einem Paar gutbewaffneter Sturmtruppler durch den Korridor gescheucht wurden.

Als Jacen sich von seinen Wachen losriß, um sie flüchtig zu umarmen, flüsterte sie ihm hastig einige Worte ins Ohr. »Ich habe einen Plan. Ich brauche deine Hilfe.«

Grobe gepanzerte Hände zerrten Bruder und Schwester auseinander. Einer der gepanzerten Wachmänner legte seine Blasterpistole auf die Zwillinge an und bedeutete ihnen weiterzugehen.

Jaina lächelte in bitterer Belustigung. Selbst wenn er Tamith Kai bei ihnen wußte, war Brakiss sich nicht sicher, daß sie keinen Ärger machen würden. Die Anwesenheit der Sturmtruppler jedenfalls ließ sich kaum anders deuten.

Jacen gab Jaina mit einem knappen Nicken zu verstehen, daß er begriffen hatte. »Soll ich dir einen Witz erzählen?« fragte er heiter und wechselte absichtlich das Thema.

»Klar«, antwortete Jaina mit gespielter Unschuld.

Jacen räusperte sich. »Wie viele Sturmtruppler braucht man, um ein Leuchtpaneel auszuwechseln?«

Jaina zuckte innerlich zusammen. Ihr Bruder hatte wirklich Nerven – oder aber den Verstand verloren. Trotzdem nahm sie den Köder an. »Ich weiß nicht, wie viele Sturmtruppler braucht man denn dafür?« Einer der Wachmänner schob sich an Jaina vorbei und blieb an der Tür zu einem Unterrichtsraum stehen, in dem sie Dutzende anderer Leute sitzen sah. Sie vermutete, daß es sich um die anderen Studenten der Schatten-Akademie handelte. Der Wachmann mit der Blasterpistole forderte sie mit einem Wink auf einzutreten.

»Es braucht zwei Sturmtruppler, um ein Leuchtpaneel auszuwechseln«, sagte Jacen laut genug, daß es alle hören konnten. »Ein Sturmtruppler tauscht es aus, der andere erschießt ihn und erntet die Lorbeeren für die Arbeit.«

Jaina versuchte vergeblich, ein Prusten zu unterdrücken. Tamith Kais Blicke trafen Jacen wie violette Blitze.

Jacen wand sich unter ihrem zornigen Blick und brummte: »Ich weiß, ich weiß. Sie kommen von Dathomir. Die Leute dort sind nicht gerade berühmt für ihren Sinn für Humor.«

Als ihre beiden Wachen sie schmerzhaft an den Armen packten, mußte Jaina zugeben, daß die kleine Tollkühnheit ihres Bruders sie innerlich gelockert, ihr gezeigt hatte, daß ihr Geist – zumindest im Moment – noch frei war, daß sie noch eigene Entscheidungen treffen konnte.

Sie wurde in den Konferenzraum geschleift und auf einen Platz am Ende einer schmalen Bank gedrückt. Jacens Wachen führten ihn auf die andere Seite des Saals und wiesen ihm dort einen Platz zu – zweifellos, um ihn für seinen Witz zu bestrafen. Jaina nahm erleichtert zur Kenntnis, daß Lowbacca weniger als einen Meter von ihr entfernt saß; nur ein einziger Student trennte sie von ihm. Der Wookiee knurrte ihr und Jacen eine Begrüßung zu.

Die anderen Jedi-Schüler waren ausnahmslos Menschen – die kahlgeschorene und in dunkle Uniformen gesteckte Jugend des Imperiums. Stolz darauf, der Schatten-Akademie anzugehören, schienen sie ungeduldig auf den Beginn des Unterrichts zu warten. Sie hatte derartige Leute schon einmal gesehen. Sie, Jacen und Lowie würden vermutlich die einzigen sein, die sich der Ausbildung widersetzten, das wußte sie.

Jaina runzelte die Stirn, als ihr auffiel, daß MTD immer noch nicht wieder an Lowies Gürtel hing. Das würde die Verständigung erschweren. Sie fragte sich, was ihr Onkel Luke in einer solchen Situation getan hätte. Sie straffte sich, klärte ihre Gedanken und tastete mit dem Geist vorsichtig in Lowies Richtung. Sie empfing keine Schmerzen von ihm. Er war unverletzt – daran bestand kein Zweifel –, aber sie spürte Anspannung, Verwirrung und eine brütende Frustration. Sie versuchte ihm beruhigende Gedanken zu schicken. Sie hatte keine Ahnung, wieviel zu ihm durchdrang, aber als Lowie kurz eine haarige Hand ausstreckte, um sie hinter dem Rücken des Studenten an der Schulter zu berühren, wußte sie, daß er verstanden hatte.

Jaina fragte sich, ob sie es wagen konnte, ihren Wookiee-Freund offen anzusprechen. Doch zuvor mußte sie herausfinden, was für ein Typ der Student neben ihr war. Er war etwa in ihrem Alter und einige Zentimeter größer als sie. Wie all die anderen imperialen Studenten trug er einen hautengen, kohlefarbenen Overall unter einem wehenden tiefschwarzen Umhang. Er hatte blonde Haare und moosgrüne Augen, und er sah sie ohne besonderes Interesse oder Anteilnahme von der Seite an.

Sie tastete den jungen Mann in Gedanken ab, empfing aber nicht mehr als einige unverständliche Bruchstücke, die flüchtig durch ihren Kopf dröhnten wie die unzusammenhängenden Töne eines Orchesters, das seine Instrumente stimmt.

»Warum sind wir hier?« fragte Jaina, ihre Stimme zu kaum mehr als einem Flüstern gesenkt.

»Weil wir hier sind«, antwortete er reserviert und etwas abwehrend. »Weil Master Brakiss wünscht, daß wir hier sind.« Er sah sie mißtrauisch an, als sei ihm soeben der Verdacht gekommen, sie könne geistig minderbemittelt sein. »Sind wir nicht hier, um von Master Brakiss den Umgang mit der Macht zu erlernen?«

Bevor Jaina etwas erwidern konnte, betrat Brakiss persönlich den Saal. Es herrschte augenblicklich vollkommene Stille. Seine erdrückende Gegenwart ließ kein Hüsteln und keine Silbe zu. Brakiss ließ seinen bohrenden Blick über die Gesichter der versammelten Studenten schweifen. Als er Jaina in die Augen sah, spürte sie, wie ihr ein unerklärlicher Schauer den Rücken hinunterlief.

Ohne Einleitung begann er seinen Unterricht.

»Die Macht ist eine Energie, die alle lebende Materie umschließt. Sie strömt um uns. Sie strömt *in* uns.«

Als seine Stimme die Studenten umschmeichelte, spürte Jaina, wie sich ihr Geist entspannte. So schlecht war das gar nicht. Schließlich sagte er nichts Unwahres. Die Macht in Brakiss' Stimme drängte zum Handeln, verlangte Zustimmung. Jaina sah die Köpfe zahlreicher Studenten nicken. Auch sie nickte.

Jaina merkte sich kein einziges Wort, während Brakiss sie behutsam und in logischer Abfolge von einem Konzept zum nächsten führte. Sie merkte sich nur die Gedankengänge, die Gefühle, den Eindruck, wie recht er mit allem hatte.

Doch auf einmal wurden die Worte aus irgendeinem Grund – vielleicht, weil eine haarige Hand sie leicht am Rücken berührte – wieder konkret und begannen den angenehmen Nebel fragloser Zustimmung zu durchdringen, der ihre Gedanken eingelullt hatte.

»Ihr alle verfügt über das Potential, euch selbst und die Macht zu beherrschen«, sagte die ruhige, selbstsichere

Stimme. »Und um von der Macht zu zehren, müßt ihr lernen, von dem zu zehren, was in euch am stärksten ist: starke Gefühle, tiefe Sehnsüchte, Furcht, Aggression, Haß, Wut.«

Ein donnerndes *Nein!* dröhnte durch Jainas Geist, und sie schüttelte den Kopf, um ihre Gedanken zu klären. »Das ... das kann nicht sein«, flüsterte sie. »Das ist nicht wahr.«

Der Student neben Jaina warf ihr einen geringschätzigen Seitenblick zu. »*Natürlich* ist es wahr«, sagte er, als sei es eine logisch unumstößliche Tatsache. »Master Brakiss sagt es, also muß es wahr sein.«

»Was macht dich da so sicher?« zischte Jaina. »Begreifst du nicht, daß er deine Gedanken manipuliert? Du solltest von hier verschwinden und anfangen, selbst zu denken.«

»Ich *will* nicht weg von hier«, sagte er mit unversöhnlicher Miene. »Ich möchte bei Master Brakiss studieren und ein Jedi werden.«

Sie kochte innerlich über diesen Starrsinn. »Hast du je über seine Worte nachgedacht? Du kannst nicht blindlings akzeptieren, was immer er sagt, ohne dir ein paar Gedanken darüber zu machen. Was ist, wenn er unrecht hat?«

»Er ist der *Lehrer*.« Die moosgrünen Augen des Studenten blinzelten sie an, als ergebe ihre Frage keinen Sinn. Er stand abrupt auf, um sich zu Wort zu melden.

Jaina nahm die Gelegenheit wahr, beugte sich hinter ihm zu Lowie hinüber und flüsterte ihm etwas zu. »Ich habe einen Plan! In ein paar Tagen werde ich dich brauchen, um die Energieanlagen der Station komplett lahmzulegen. Also halte dich bereit.« Erst als sie sich wieder aufsetzte, bekam sie mit, daß der störrische blonde Student sich gerade bei Brakiss über sie beschwerte.

»... versucht die anderen Studenten davon zu überzeugen, daß sie Ihnen nicht glauben dürfen, daß Sie nicht die Wahrheit über die Macht lehren. Und daher bin ich der Ansicht, daß dieses ... dieses *Mädchen* keine würdige Schülerin für Sie ist, Master Brakiss.«

Brakiss kniff die schönen Augen zusammen, deren eindringlicher Blick an Jaina hängenblieb. Sie spürte den Druck seines machtvollen Geistes. Sie versuchte zu widerstehen.

»Du bist neu hier«, sagte er. »Du weißt nicht, wie man sich hier zu benehmen hat. Höre dir meine Lektionen an, dann fälle dein Urteil. Ziehe deine eigenen Schlüsse. Aber wage es *nie* wieder, andere zu Zweifeln an mir zu animieren.«

Die Studenten pflichteten ihm mit einem einmütigen Murmeln bei – mit drei Ausnahmen.

»Auf dieser Akademie lernen wir nicht bloß eine Seite der Macht kennen«, nahm Brakiss seine Vorlesung wieder auf, obwohl seine Worte direkt an Jacen, Jaina und Lowie gerichtet schienen. »Dies ist keine Schule der Dunkelheit. Ich nenne sie die Schatten-Akademie, denn was erschafft das Leben von seiner Natur her anderes als Schatten? Und es kann euch nur durch den Einsatz aller eurer Gefühle und Sehnsüchte – der hellen *und* der dunklen – gelingen, tatsächlich über die Macht zu gebieten und eure Bestimmung zu erfüllen. Die helle Seite, für sich genommen, verfügt nur über eine begrenzte Macht. Nur wenn die helle mit der dunklen Seite verschmilzt und ihr auch über die Macht der Schatten verfügt, entfaltet ihr euer ganzes Potential. Macht euch die Kraft der dunklen Seite zunutze.«

Jaina sah zu Jacen hinüber, der langsam den Kopf schüttelte. Kaum einen Meter neben ihr drang ein bedrohliches Knurren aus Lowies Kehle. Unfähig, sich noch länger zu beherrschen, fuhr Jaina hoch. »Das ist nicht wahr«, rief sie. »Die dunkle Seite macht einen nicht stärker. Sie ist schneller, einfacher, verführerischer. Sie ist auch hartnäckiger. So wie die helle Seite Freiheit bringt, so bringt die dunkle Seite Knechtschaft und Unterdrückung. Jeder, von dem die dunkle Seite der

Macht erst einmal Besitz ergriffen hat, ist rettungslos verloren.«

Ein kollektives Keuchen ging durch den Raum, aber niemand sagte ein Wort, als Jaina und Brakiss einander über die Köpfe der Schüler hinweg anstarrten. Brakiss schwieg eine ganze Zeit, und sein Geist drückte mit erstickendem Gewicht auf Jainas Gedanken.

Mit einem inneren Ruck befreite Jaina sich von seinem Einfluß und sah ihn trotzig und mit stolzerfülltem Blick an.

Schließlich schüttelte Brakiss traurig den Kopf. »Es war nicht meine Absicht, an dir ein Exempel zu statuieren. Aber du läßt mir keine Wahl. Du hast es gewagt, dich mit deinen lächerlichen Kräften meiner Macht zu widersetzen. Dies ist eine Warnung. Eine zweite gibt es nicht.«

Mit diesen Worten hob Brakiss eine Hand wie zu einem freundlichen Abschiedsgruß. Blaue Flammen umtanzten die Fingerspitzen und schossen dann in einem leuchtenden Energieblitz auf Jaina zu.

Brakiss' kühle Grausamkeit gegen Jaina ließ Lowbacca die Beherrschung verlieren. In einem Anfall unbändiger Wut brüllte er auf, fuhr von seinem viel zu kleinen Sitzplatz hoch und stieß dabei den blonden Studenten um. Er heulte aus voller Lunge und bleckte seine langen Wookiee-Reißzähne. Zimtfarbenes Fell sträubte sich in alle Richtungen, als er die Bank hochriß, auf der er gesessen hatte, und über den Kopf stemmte.

Aufgeschreckt von dem Lärm stürmten die Wachmänner mit gezückten Betäubungspistolen in den Saal und suchten nach dem Urheber des Chaos – der tobende Wookiee war kaum zu übersehen.

Lowie warf den Sturmtrupplern die Bank entgegen. Die Wucht des Aufpralls ließ die erste Gruppe der Angreifer wie Dominosteine umpurzeln. Fünf weitere Sturmtruppler stolperten über ihre am Boden liegenden Gefährten, schafften es aber dennoch, in den Saal einzudringen.

Die anderen Rekruten der Schatten-Akademie fielen in den Lärm ein und versuchten Lowie niederzuschreien. Der Wookiee brüllte einfach zurück. Vom Podium tönten Brakiss' eindringliche Appelle an alle, doch vernünftig zu sein und die Ruhe zu bewahren. Niemand hörte auf ihn.

Eine weitere Tür rauschte auf, und ein neues Kontingent an Sturmtrupplern stürzte vom anderen Ende des Saals herein.

Jacen schlug sich zu seiner bewußtlosen Schwester durch und bettete ihren Kopf und ihre Schultern in seinen Schoß. Mit Erleichterung stellte er fest, daß der Schub geistiger Energie sie nicht ernsthaft verletzt hatte. Sie stöhnte und blinzelte mit ihren brandyfarbenen Augen und rang darum, das Bewußtsein wiederzuerlangen.

»Jaina«, rief er. »Jaina, kämpf dagegen an!«

»Ja, ja ... mache ich doch«, murmelte sie und richtete sich mühsam auf. Erst in diesem Moment schien sie die Rauferei zu bemerken, die Lowie ihretwegen angefangen hatte.

Die zweite Gruppe Sturmtruppler zog ihre Stunnerpistolen, als Lowie einer anderen Studentin der Schatten-Akademie die Bank unterm Hintern wegzog. Die Studentin begann zu kreischen. Lowie ignorierte sie und hob die Bank hoch, um sie den nachrückenden Wachen entgegenzuschleudern.

Die Sturmtruppler legten ihre Stunnerpistolen an und feuerten, trafen aber nur die Bank und richteten keinen Schaden an. Lowie warf sie nach seinen Gegnern, und die Truppler stoben auseinander, als das sperrige Möbelstück gegen die Seitenwand krachte. Lowbacca bückte sich, um noch etwas aufzuheben, was er werfen konnte – und genau in diesem Moment hatten es die ersten Sturmtruppler am anderen Ende des Saals geschafft, sich aufzurappeln, und feuerten mit ihren Betäubungspistolen.

Blaue Lichtbögen knisterten über Lowies Rücken hinweg, verfehlten ihn und trafen frontal drei Mann der anderen Sturmtrupplergruppe, die sofort in einem Durcheinander weißer Plastikpanzer bewußtlos zu Boden sackten.

»Hört auf mit diesem Unfug!« schrie Brakiss. Seine sonst so glatten Gesichtszüge verloren ihre heitere Gelassenheit.

Als der Wookiee sich wieder aufrichtete, trat einer der Sturmtruppler der ersten Gruppe zwei Schritte vor und zielte mit seiner Betäubungspistole direkt auf Lowies Rücken.

Jacen bemerkte es und setzte – noch bevor der Sturmtruppler feuern konnte – alle seine Kräfte ein, um mit Hilfe der Macht die Waffe des Trupplers zu packen, sie herumzureißen und so in der weißbehandschuhten Hand zu verdrehen, daß der Wachmann, als er den Feuerknopf drückte, auf seine eigene Brust zielte. Der Betäubungsstrahl blitzte auf, und der Truppler sank bewußtlos nieder.

»Lowie, ich bin in Ordnung!« rief Jaina und rappelte sich auf. »Schau her, mir ist nichts passiert!«

Weitere Sturmtruppler stürmten von beiden Seiten mit gezückten Waffen in den Saal.

»Lowie, beruhig dich«, rief Jacen.

Lowie blickte gehetzt von Seite zu Seite, mit gespreizten Fingern, die nur darauf warteten, etwas in Stücke reißen zu können, bis er einsah, daß er einer deutlichen Übermacht gegenüberstand.

Brakiss stand mit gespreizten Fingern da. In den Zwischenräumen züngelte bläuliche Energie, bereit, jeden Moment erneut nach jemandem auszuschlagen.

»Wir wollen euch nicht verletzen«, sagte Brakiss mit beängstigender Intensität, »aber ihr müßt Disziplin lernen.« Der Meister der Schatten-Akademie wandte sich den Sturmtrupplern zu. »Bringt sie in ihre Quartiere zurück, und haltet sie voneinander getrennt! Wir haben hier zu arbeiten und können uns nicht von unkontrollierten Temperamentsausbrüchen ablenken lassen.«

Daraufhin glättete sich Brakiss' schönes Gesicht, bis er wieder sanft und gelassen wirkte. Er gab seine Bewunderung für Lowie mit gehobenen Augenbrauen zu erkennen. »Es freut mich zu sehen, welche Kraft in deiner Wut steckt, junger Wookiee. Das ist etwas, das wir entwickeln müssen. Du verfügst über ein großes Potential.«

Weiß gepanzerte Wachen nahmen Lowies haarige Arme in ihren unbarmherzigen Griff. Die Sturmtruppler führten die drei jungen Jedi-Ritter in den Korridor und brachten sie in ihre Zellen.

11

Dathomir hieß Tenel Ka funkelnd wie ein Topas willkommen, als Luke die *Off Chance* in die Atmosphäre eintauchen ließ. Die Vorfreude machte sie unruhig. Trotz der unglücklichen Umstände, die sie hergeführt hatten, spürte Tenel Ka mit jedem Herzschlag Freude und Vergnügen durch ihre Adern pochen. *Zu Hause. Wieder zu Hause ...*

Turbulenzen erschütterten den Blockadebrecher, während er sich der Planetenoberfläche näherte. Luke studierte die Anzeigen der Navigationskonsole und korrigierte von Zeit zu Zeit ihren Kurs.

»Es ist lange her, seit ich das letzte Mal den Singing Mountain Clan besucht habe«, sagte Luke. »Ich bin mir nicht sicher, ob ich noch hinfinden werde. Ich glaube, ich kann uns ziemlich in die Nähe bringen, aber falls du zufällig die exakten Koordinaten weißt ...«

Tenel Ka rasselte die Zahlen herunter, noch bevor er den Gedanken zu Ende führen konnte. Sie beugte sich vor und tippte die Koordinaten in den Navigationscomputer.

»Ich komme oft her«, erklärte sie. »Es ist meine zweite Heimat in der Galaxis – und meine erste im Herzen.«

»Ja«, sagte Luke. »Das verstehe ich.«

Auf dem Weg zur Kolonie des Singing Mountain Clan trug die *Off Chance* sie über schimmernde Ozeane, üppige Wälder, ausgedehnte Wüsten, rollende Hügel und weite, fruchtbare Ebenen hinweg. Tenel Ka spürte, wie Kraft und Energie sie durchströmten, als sei allein schon die Atmosphäre des Planeten ausreichend, sie neu zu beleben.

»Schau mal«, sagte Luke und deutete auf eine Herde blauhäutiger Reptilien, die mit unglaublicher Geschwindigkeit über eine Ebene jagten.

»Das Blaue Bergvolk«, erklärte Tenel Ka. »Sie wandern zu jeder Morgen- und Abenddämmerung.«

Luke nickte. »Ich bin einmal auf einem von ihnen geritten.«

»Das ist eine seltene Ehre, Master Skywalker«, sagte sie. »Bisher hatte nicht einmal ich dazu die Gelegenheit.«

Die blaßrote Sonne stand hoch über dem Horizont, als sie das weite, kesselförmige Tal des Singing Mountain Clan erreichten, Tenel Kas zweite Heimat. Ein grünbrauner Flickenteppich aus Feldern und Obstgärten erstreckte sich unter ihnen im rosafarbenen Sonnenlicht. Kleine Ansammlungen strohbedeckter Hütten waren über das Tal verstreut, und hier und da flackerten morgendliche Herdfeuer.

Luke deutete auf die steinerne Festung, die in die weit über dem Tal aufragende Felswand getrieben war. »Herrscht Augwynne Djo immer noch dort?«

»Ja. Meine Urgroßmutter.«

»Gut. Dann wenden wir uns direkt an sie. Ich würde es vorziehen, daß nur wenige erfahren, warum wir hier sind, und daß wir unsere Anwesenheit möglichst geheimhalten«, sagte er und setzte die *Off Chance* sanft auf dem Talboden neben der Festung auf.

»Das dürfte nicht schwierig sein«, erwiderte Tenel Ka. »Meine Landsleute reden nur, wenn es nötig ist.«

Luke lachte leise in sich hinein. »Das glaube ich.«

Tenel Ka hielt auf halbem Wege inne, als sie den steilen Pfad zur Festung emporstiegen. Sie war durchaus nicht erschöpft; sie genoß einfach den Augenblick.

Luke, der ihr mit festen Schritten gefolgt war, blieb wortlos stehen und wartete darauf, daß sie weiterging. Auch er zeigte keinerlei Anzeichen von Erschöpfung, sein Atem ging ruhig und regelmäßig – keine Kleinigkeit in Anbetracht des zügigen Tempos, das Tenel Ka vorlegte.

Je länger sie Master Skywalker kannte, desto mehr bewunderte sie ihn und verstand sie, warum ihre Mutter – die nur wenige Männer außer ihrem Ehemann Isolder schätzte – von Luke Skywalker immer in den höchsten Tönen sprach.

Tenel Ka atmete tief durch. Die Luft war herrlich, und das nicht nur, weil einem der Duft von gebratenem Fleisch und Gemüse, der von den Herdfeuern aufstieg, den Mund wäßrig machte. Im Tal war der Spätsommer angebrochen, und die warme Brise war gesättigt mit den Gerüchen reifender Früchte, goldenen Grases und der frühen Ernte. Obwohl sich die Gerüche mit den strengen Ausdünstungen vermischten, die von den Eidechsenpferchen und den Rancorherden aufstiegen, war eine Frische in der Luft, die ihr Herz mit Heiterkeit erfüllte.

Mit weit ausholenden Schritten setzte Tenel Ka ihren Aufstieg fort, als sei jede weitere Sekunde, die sie verlor, eine Sekunde zuviel. Schließlich stand sie vor dem Tor der Festung, wo sie sich als Angehörige des Clans zu erkennen gab.

Die Tore wurden aufgestoßen, und die Schwestern der Bergsippe empfingen Tenel Ka mit herzlichen Umarmungen und gemurmelten Begrüßungen. Ihre Kleidung war wie die Tenel Kas aus verschiedenfarbigen Echsenhäuten gefertigt. Einige trugen prunkvolle Helme, andere hatten ihr Haar zu kunstvollen Zöpfen geflochten.

Eine Sippenschwester mit hüftlangem schwarzem Haar zog die beiden Reisenden herein. »Augwynne hat uns gesagt, daß ihr kommen würdet«, sagte sie. Sie machte ein ernstes Gesicht, doch Tenel Ka bemerkte das Lächeln in ihren Augen.

»Wir sind in einer dringenden Mission hier«, erklärte Tenel Ka, ohne die Frau zu begrüßen. »Wir müssen Augwynne unbedingt sofort allein sprechen.« Sie hatte noch nie in Master Skywalkers Gegenwart in einem solchen Befehlston gesprochen, aber sie wußte, daß ihre Sippenschwester keinen Anstoß daran nehmen würde. In Zeiten wie diesen waren Höflichkeiten ein überflüssiger Luxus für ihr Volk.

Die Frau neigte flüchtig den Kopf. »Damit hat Augwynne schon gerechnet. Sie erwartet euch in der Halle der Kriegerinnen.«

Die alte Frau stand auf, als sie das Zimmer betraten. »Willkommen, Jedi Skywalker. Und willkommen, meine Urenkelin Tenel Ka Chume Ta' Djo.« Sie umarmte nacheinander beide.

Tenel Ka stöhnte. »Bitte«, sagte sie, »benutze nicht meinen vollen Namen. Und sage niemandem, daß wir hier sind.«

Luke unterbrach sie. »Wir folgen einer Spur, die uns von Yavin nach Borgo Prime und von dort nach Dathomir geführt hat. Wir sind zu Ihnen gekommen, weil wir Informationen benötigen.«

Tenel Ka holte tief Luft, suchte nach den rechten Worten. Sie sah ihre Urgroßmutter direkt an. Augwynnes faltenumkränzten Augen entging nichts. »Wir suchen nach den Schwestern der Nacht. Gibt es noch welche auf Dathomir?«

Augwynnes schweres Seufzen verriet Tenel Ka, daß sie sich

an die Richtige gewandt hatten. Die Greisin richtete den Blick auf Luke. »Es sind keine Schwestern der Nacht, wie Sie und ich sie kennen«, erklärte sie. »Keine verschrumpelten Vetteln mit verfärbter Haut, die durch ihre eigenen nächtlichen Zaubersprüche verrotten.« Sie schüttelte den Kopf. »Es hat sich ein neuer Orden der Schwestern der Nacht gebildet, jung und attraktiv – und sie haben sich mit dem Imperium verbündet.« Sie hob einen Finger, um Tenel Kas Wange zu streicheln. »Ihre Bosheit ist hintergründig. Sie zähmen und reiten Rancors so wie wir. Sie kleiden sich wie Kriegerinnen, wenn ihnen danach ist. Es sind nicht einmal ausschließlich Frauen ... aber in jedem Fall sind sie Kinder der Dunkelheit. Sie sind gefährlich, und sie haben neue Ziele. Du solltest ihnen lieber aus dem Weg gehen.«

»Das geht nicht«, sagte Tenel Ka einfach. »Sie sind unsere einzige Hoffnung, meine besten Freunde zu finden.«

Augwynne musterte ihre Urenkelin nachdenklich. »Hast du den Leuten, die du retten willst, deine Freundschaft geschworen?«

Tenel Ka nickte. »Mit der vollständigen Zeremonie.«

»Dann haben wir keine andere Wahl«, sagte Augwynne in einem Ton der Endgültigkeit. »Du mußt deinen Fall vor den Rat der Schwestern bringen.«

12

Brakiss hatte sich in sein Privatbüro in der Schatten-Akademie zurückgezogen, den einzigen Ort, wo er ungestört nachdenken konnte.

Während er vor sich hin grübelte, starrte er auf die grellen Bilder an den Wänden ringsum: eine Kaskade aus glühend roter Lava auf dem urzeitlichen Planeten Nkllon; eine explodierende Sonne, die Bögen stellaren Feuers in die Denarii-Nova schleuderte; den noch glühenden Kern des Cauldron-Nebels, wo sieben riesige Sterne gleichzeitig zur Supernova geworden waren; und ein Blick über die Trümmer von Alderaan, den der erste Todesstern des Imperiums vor mehr als zwanzig Jahren zerstört hatte.

Brakiss bewunderte die große Schönheit der Gewalt im Universum, der ungezügelten Macht, die von der Galaxis genährt wurde und der keine menschliche Erfindungsgabe Fesseln anlegen konnte.

Brakiss saß schweigend da und benutzte Techniken der Macht, um zu meditieren und diese kosmischen Katastrophen in sich aufzunehmen, damit dieselbe Stärke in ihm auskristallisierte. Durch die dunkle Seite wußte er, wie er die Macht seinem Willen unterwerfen konnte. Die gesamte in der Galaxis gespeicherte Energie stand zu seiner Verfügung. Wenn er sie einfing und in seinem Herzen festhielt, konnte Brakiss seine ruhige Fassade aufrechterhalten und jegliche Neigung zu unüberlegter Gewalt unterdrücken, der seine Mitlehrerin Tamith Kai so oft nachgab.

Er ließ sich in den gepolsterten Sessel zurücksinken und langsam seinen Atem ausströmen. Das synthetische Leder quietschte, als er es sich darin bequem machte, und die integrierten Heizelemente brachten die Temperatur auf einen angenehmen Wert. Die Polster paßten sich seinem Körper an und bereiteten ihm größtes Wohlbehagen.

Tamith Kai lehnte solche Annehmlichkeiten rundheraus ab. Sie war eine harte Frau, bestand auf Not und Entbehrung, um ihre Fähigkeiten für das Imperium zu verfeinern, das ihr Potential erkannt und sie von dem trostlosen Planeten Dathomir weggeholt hatte. Brakiss fand dagegen, daß er zumindest besser denken konnte, wenn er sich entspannte. Nur so konnte er Pläne schmieden und Möglichkeiten überdenken.

Brakiss schaltete den Recorder an seinem Schreibtisch ein und rief die heutigen Termine ab. Er würde heute einen Bericht verfassen und eine gepanzerte Hyperdrohne an den mächtigen neuen Führer des Imperiums entsenden, der sich tief in den Kernsystemen versteckte.

Es war eine geraume Zeit her, seit ihm das Lager, das er im Great Canyon von Dathomir gegründet hatte, das letzte Mal starke neue Studenten geliefert hatte, aber diese drei jungen und talentierten, aus Skywalkers Jedi-Akademie entführten Rekruten waren von anderem Kaliber und rechtfertigten das Risiko einer Entführung. Das spürte Brakiss.

Aber ihr Blickwinkel war völlig verkehrt. Zu lange waren sie von Master Skywalker unterrichtet worden, der sie auf einen falschen Weg geführt hatte. Sie wußten nicht, wie sie ihren Zorn in die scharfe Speerspitze einer mächtigen Waffe verwandeln konnten. Sie überlegten zuviel. Sie waren zu ruhig, zu passiv – bis auf den Wookiee. Brakiss nahm sich vor, die Ausbildung der drei persönlich in die Hand zu nehmen. Er und Tamith Kai würden beide ihre besonderen Fähigkeiten einsetzen müssen, um sie zu bearbeiten.

Brakiss trommelte mit den Fingerspitzen auf der glatten Schreibtischoberfläche. Manchmal überkamen ihn Anflüge des Bedauerns, daß er Skywalkers Ausbildungszentrum auf Yavin 4 verlassen hatte. Er hatte dort viel gelernt, auch wenn seine Mission für das Imperium in seinem Denken immer den Vorrang gehabt hatte.

Vor langer Zeit hatte das Imperium Brakiss aufgrund seines großen Jedi-Potentials auserwählt. Er war einer rigorosen Ausbildung und Konditionierung unterzogen worden, damit er in Skywalkers Akademie spionieren und wertvolle Informationen sammeln konnte. Niemand sollte je erfahren, daß er ein Spitzel war, der die Jedi-Techniken nur erlernen wollte, um sie an das Zweite Imperium weiterzugeben. Der Führer des neuen Imperiums hatte auf seinen eigenen, Dunklen Jedi-Orden bestanden, ein Symbol der Macht, um das sich die treuen Anhänger des Imperiums scharen konnten.

Doch irgendwie hatte Master Skywalker seine Tarnung sofort durchschaut und seine wahren Absichten bemerkt. Aber anders als die tölpelhaften und unbedarften Spione, die vor ihm mit demselben Auftrag nach Yavin 4 gekommen waren, hatte Skywalker ihn nicht gleich hinausgeworfen. Mit diesen Stümpern hatte der Jedi-Meister wenig Geduld gehabt – aber offenbar hatte er Brakiss' Potential erkannt.

Master Skywalker hatte sich seiner angenommen und ihm bereitwillig all die Dinge beigebracht, die er am dringendsten lernen mußte, um ein Jedi zu werden. Brakiss verfügte über ein enormes Talent im Umgang mit der Macht, und Master Skywalker zeigte ihm nun, wie er sie sich zunutze machen konnte. Aber Skywalker hatte immer wieder versucht, ihn auf die helle Seite zu ziehen, mit den Platitüden und albernen Floskeln der Neuen Republik. Brakiss schüttelte sich vor Widerwillen bei dem Gedanken.

Und schließlich hatte Master Skywalker ihm eine individuelle und folgenschwere Aufgabe gestellt, ihn auf eine mentale Reise ins eigene Ich mitgenommen – und ihm nicht erlaubt, sich auf den Strömen der Macht davonzustehlen, sondern den Blick des dunklen Rekruten in sein eigenes Herz gelenkt, damit er die Wahrheit über sich selbst erkannte.

Brakiss hatte eine Falltür geöffnet und war in eine Grube voller Selbsttäuschungen und potentieller Grausamkeiten gefallen, zu denen das Imperium ihn treiben konnte. Master Skywalker hatte an seiner Seite gestanden und ihn gezwungen hinzuschauen, auch dann noch hinzuschauen, als Brakiss sich selbst zu entkommen versuchte, der Lüge seiner eigenen Existenz nicht mehr ins Auge sehen wollte.

Aber die Konditionierung durch das Imperium saß zu tief.

Sein Geist war zu sehr dem Dienst am Imperium verschrieben, und Brakiss hatte über diese Einsicht fast den Verstand verloren. Er war vor Master Skywalker davongelaufen, hatte sein Schiff gestohlen und war in die Tiefen des Weltraums geflohen.

Er war lange Zeit allein geblieben, bis er schließlich in die Geborgenheit des Zweiten Imperiums zurückkehrte, wo er seine Fähigkeiten anwenden konnte ... so, wie er es von Anfang an geplant hatte.

Brakiss war schön, perfekt gebaut, nicht annähernd so verkommen wie der Imperator in seinen letzten Tagen, als die dunkle Seite ihn von innen zerfressen hatte. Brakiss versuchte diesen Verfall zu leugnen – sich an seiner äußeren Erscheinung zu erfreuen –, aber er konnte dem Häßlichen tief in seinem Herzen nicht entgehen.

Er wußte, daß sein Leben fortan dem Imperium gehörte, und er hatte gelernt, diese Tatsache zu akzeptieren. Sein größter Triumph war seine Schatten-Akademie, wo er sich persönlich um die Ausbildung der neuen Dunklen Jedi kümmern konnte: Dutzende Studenten, von denen einige über wenig oder gar kein Talent verfügten, andere aber über das Potential für wahre Größe, so wie Darth Vader selbst.

Natürlich war sich der neue Führer des Imperiums über das Risiko im klaren, das eine solch mächtige Gruppe Dunkler Jedi mit sich brachte. Ritter, die der dunklen Seiten anheimgefallen waren, entwickelten – verführt von der Macht, über die sie geboten – gewöhnlich sehr rasch eigene Ambitionen. Es war Brakiss' Aufgabe, sie an der Leine zu halten.

Aber der große Führer hatte zusätzliche Vorsichtsmaßnahmen getroffen. Die gesamte Schatten-Akademie war mit Selbstzerstörungsmechanismen übersät: Hunderte, wenn nicht Tausende von Sprengsätzen warteten nur darauf, im Bedarfsfall eine verheerende Kettenreaktion auszulösen. Wenn Brakiss am Aufbau seiner Truppe Dunkler Jedi scheiterte oder wenn die neuen Rekruten irgendwie zu einer Revolte gegen das Zweite Imperium aufstachelten, würde der Führer des Imperiums nicht zögern, auf den entscheidenden Knopf zu drücken. Brakiss und alle Dunklen Jedi wären binnen weniger Sekunden Geschichte.

Als eine Geisel der Dunkelheit war es Brakiss nicht gestattet, die Schatten-Akademie eigenmächtig zu verlassen. Auf Befehl des Führers würde er dort verbleiben, bis seine Rekruten einsatzbereit waren.

Brakiss fand es schwierig, sich auf das Wesentliche zu konzentrieren, wenn man dabei auf einem Pulverfaß hockte. Aber er hatte großes Vertrauen in seine eigenen und Tamith Kais Fähigkeiten. Ohne dieses Vertrauen wäre er überhaupt nie ein Jedi geworden – und hätte es nie gewagt, andere im Umgang mit der dunklen Seite zu unterweisen. Doch er hatte gelernt, wie es ging, und das hatte ihn stark gemacht.

Er würde diese neuen Studenten umdrehen. Er war sicher, daß es ihm gelingen würde.

Brakiss lächelte, als er den Bericht abschloß, der seine Pläne umriß. Der Zorn des schlaksigen Wookiee war etwas, das man sich zunutze machen konnte, und was das anging, war Tamith Kai nicht zu übertreffen. Die Schwester der Nacht war der geborene Folterknecht; und sie kam ihren Pflichten mit äußerster Gewissenhaftigkeit nach. Brakiss würde ihr die Ausbildung Lowbaccas anvertrauen.

Er dagegen würde sich der Zwillinge annehmen, der Enkel Darth Vaders. Sie waren zu ruhig, zu gut trainiert und widersetzten sich auf subtile Weise, was es weit schwieriger machen würde, sie hinzubiegen.

Für sie wußte er andere Methoden. Zuerst mußte er herausfinden, was Jacen und Jaina *wirklich wollten* – und das würde er ihnen geben.

Von da an würden sie ihm gehören.

13

Die Trainingshalle der Schatten-Akademie war ein großer und leerer Raum, schmucklos, kahl und von massiven Stahlwänden umschlossen. Die Tür fiel hinter Jacen zu und ließ ihn mit Brakiss und all dem allein, was der Lehrer mit ihm vorhaben mochte. Die mattgrau gestrichenen Wände waren mit einem Netz von Computersensoren versehen. Jacen sah keine Bedienungselemente, keinen Ausweg.

Er blickte zu dem gutaussehenden Mann auf, der vor ihm stand und ihn mit einem kühlen Lächeln beobachtete.

Brakiss fuhr mit einer Hand unter seinen silbrig schimmernden Umhang und zog einen schwarzen Stab hervor, der etwa halb so lang wie Jacens Unterarm war. Jacen erkannte drei Knöpfe und eine Reihe in großzügigen Abständen angeordneter Griffrillen für die Finger.

Ein Lichtschwert.

»Das wirst du heute fürs Training brauchen«, sagte Brakiss, und sein Lächeln wurde breiter. »Nimm's nur. Es gehört dir.«

Jacen riß die Augen auf. Seine Hand zuckte vor, doch er zog sie zurück und suchte seine Begeisterung zu verbergen. »Was muß ich dafür tun?« fragte er argwöhnisch.

»Nichts«, antwortete Brakiss. »Du sollst es einfach nur benutzen, das ist alles.«

Jacen schluckte und senkte den Blick, weil er fürchtete, Brakiss könne ihm ansehen, wie sehr er sich nach seinem eigenen Lichtschwert sehnte. Aber er wollte es nicht an diesem Ort und nicht unter diesen Umständen bekommen. »He, ich bin noch nicht soweit«, sagte er. »Ich habe meine Ausbildung noch nicht beendet. Erst vor ein paar Tagen habe ich mich mit Master Skywalker darüber unterhalten.«

»Unsinn«, sagte Brakiss. »Master Skywalker zögert es nur unnötig hinaus. Du weißt schon, wie man dieses Ding benutzt. Nun mach schon.«

Brakiss hielt Jacen den Griff des Lichtschwerts hin, noch ein Stück näher, lockte ihn. »Hier auf der Schatten-Akademie sind wir der Ansicht, daß die richtige Handhabung eines Lichtschwerts zu den *ersten* Dingen gehört, die ein Jedi lernen sollte, denn starke, fähige Krieger werden immer gebraucht. Wenn ein Jedi-Ritter nicht bereit ist, für etwas zu kämpfen, wozu ist er dann nütze?«

Brakiss drückte Jacen das Lichtschwert in die Hände, und Jacen schloß instinktiv die Finger um den Griff. Die Waffe kam ihm zugleich schwer und leicht vor – schwer wegen der Verantwortung, die man mit ihr trug, und leicht wegen der Macht, die in ihr schlummerte. Die Griffrillen waren etwas zu weit für seine junge Hand, aber daran würde er sich gewöhnen.

Jacen berührte den Einschaltknopf, und mit einem Schnappen und Zischen knisterte ein saphirblauer Strahl aus dem Griff, indigofarben im Kern, doch elektrisch blau an den Rändern. Er hieb mit der Klinge zur einen und zur anderen Seite, und die flüssige Energiesäule hinterließ einen schwachen Ozongeruch, als sie die Luft durchschnitt. Er schlug wieder in die andere Richtung.

Brakiss verschränkte die Hände. »Gut«, sagte er.

Jacen wirbelte herum und hielt das Lichtschwert hoch. »He, was hält mich eigentlich davon ab, Sie gleich hier niederzustrecken, Brakiss? Sie sind der dunklen Seite verfallen. Sie haben uns entführt. Sie bilden die Feinde der Neuen Republik aus.«

Brakiss lachte – doch es war kein höhnisches Lachen, sondern ein Ausdruck bitterer Belustigung. »Du wirst mich nicht umbringen, junger Jedi«, sagte er. »Du würdest keinen unbewaffneten Gegner töten. Kaltblütiger Mord ist nicht Teil der

Ausbildung, die Master Skywalker seinen jungen Rekruten angedeihen läßt ... es sei denn, er hat seit meinem Abschied von Yavin 4 seinen Lehrplan geändert.«

Brakiss' alabasterglattes Gesicht wirkte außerordentlich heiter. Er hob seine hellen Augenbrauen. »Andererseits, wenn du dich von deinem Zorn übermannen läßt«, sagte er, »und mich in zwei Stücke haust, bist du natürlich einen entscheidenden Schritt auf dem dunklen Weg weitergekommen. Auch wenn ich dann nicht mehr dasein werde, um den Erfolg zu erleben, wird das Imperium ganz sicher großen Nutzen aus deinen Fähigkeiten ziehen.«

»Das reicht«, sagte Jacen und schaltete das Lichtschwert aus.

»Du hast recht«, stimmte Brakiss zu. »Genug geredet. Dies ist ein Trainingszentrum.«

»Was haben Sie mit mir vor?« fragte Jacen und hielt den Griff des Lichtschwertes hoch, jeden Moment bereit, es wieder einzuschalten.

»Nur üben, mein lieber Junge«, sagte Brakiss und schritt zur Tür. »Dieser Saal kann Holobilder projizieren, imaginäre Feinde, mit denen du kämpfen und deinen Umgang mit der neuen Waffe üben kannst. Deinem Lichtschwert.«

»Wenn es nur Holobilder sind, warum sollte ich dann überhaupt kämpfen?« fragte Jacen trotzig. »Warum sollte ich da mitmachen?«

Brakiss verschränkte die Arme vor der Brust. »Ich würde dich ja gern darum *bitten*, aber ich bezweifle, daß du es dann tun würdest – zumindest im Moment noch nicht. Also versuchen wir's auf eine andere Art.« Unvermittelt schlug seine Stimme einen harten Ton an, scharf wie eine Kristallschneide. »Die Holobilder werden Monsterkrieger sein. Aber woher willst du wissen, ob ich nicht ein echtes Biest zum Kampf gegen dich hereinlasse? Du würdest den Unterschied nicht merken, dafür sind die Holobilder zu realistisch. Wenn du einfach nur dastehst und dich weigerst zu kämpfen, könnte dir ein echter Feind den Kopf von den Schultern trennen.

Natürlich werde ich das wahrscheinlich nicht gleich in der ersten Übungsstunde tun. Wahrscheinlich nicht. Vielleicht aber auch doch, um dir zu zeigen, daß ich es ernst meine. Du wirst noch viel Zeit hier verbringen, um dich im Umgang mit der dunklen Seite zu üben. Du weißt nie, ob ich nicht vielleicht irgendwann einmal die Geduld mit dir verliere.«

Brakiss verließ die Trainingshalle, und die Metalltür schepperte hinter ihm zu.

Allein in der schwachbeleuchteten Halle mit ihren mattgrauen Wänden wartete Jacen angespannt ab. Er hörte nur noch seinen eigenen Atem und Herzschlag, als verschlucke der Raum alle weiteren Geräusche. Jacen verlagerte sein Gewicht und spürte die harte Corusca-Gemme, die immer noch in seinem Stiefel steckte. Er fand es zwar beruhigend, daß die Imperialen sie nicht gefunden und ihm weggenommen hatten, doch das nützte ihm in dieser Situation herzlich wenig.

Jacen drehte den Griff des Lichtschwerts in der Hand und überlegte, wie er sich verhalten sollte. Sein logischer Verstand sagte ihm, daß Brakiss bluffte, daß der Mann nie ein echtes mörderisches Monster zu ihm hereinschicken würde. Aber eine andere Stimme warnte ihn, daß er sich darauf nicht verlassen durfte, und das leise Nagen des Zweifels ließ ihn unsicher werden.

Dann begann die Luft zu flimmern. Jacen hörte einen knirschenden Laut und wirbelte herum. Eine Tür, die ihm bis dahin nicht aufgefallen war, öffnete sich in einen schattigen Kerker, aus dem etwas Großes hervorschlurfte, das mit scharfen Krallen über den Boden kratzte.

Jacens Hobby waren von jeher seltsame und ungewöhnliche Pflanzen und Tiere gewesen. Er hatte die Archive sämtlicher

Fremdrassen studiert und verinnerlicht – dennoch brauchte er einige Sekunden, bis er das abstoßende Monstrum erkannte, das da aus seiner Zelle tappte.

Es war ein Abyssiner, ein einäugiges Ungeheuer mit grün getönter Haut, breiten Schultern und langen, kräftigen Armen, die fast bis zum Boden herabhingen und in Klauen endeten, die Bäume auszureißen vermochten.

Die zyklopenhafte Kreatur stapfte in die Halle, knurrte drohend und sah mit dem einen Auge in die Runde. Der Abyssiner schien Schmerzen zu leiden, und das einzige, was er sah – und daher sein einziges Ziel –, war der mit seinem Lichtschwert bewaffnete Jacen.

Der Abyssiner brüllte, aber Jacen stand ungerührt da. Er hob eine ausgestreckte Hand und versuchte die Beruhigungstechniken anzuwenden, die sich als so nützlich erwiesen hatten, wenn es darum ging, neue Tiere zu Hausgenossen zu zähmen.

»Beruhige dich«, sagte er. »Beruhige dich doch, ich will dich nicht verletzen. Ich bin nicht wie diese Menschen.«

Aber der Abyssiner wollte sich nicht beruhigen, stampfte voran und schwang seine langen Arme wie krallenbewehrte Pendel hin und her. Wenn das Monstrum tatsächlich eine Holoprojektion war, überlegte Jacen, dann würden seine Jedi-Techniken natürlich wirkungslos bleiben.

Der Abyssiner zog einen langen, krummen Knüppel hervor, den er auf den Rücken gebunden hatte. Der Knüppel sah aus wie ein knorriger Ast mit Stacheln an einem Ende und hatte eine weitaus größere Reichweite als das Lichtschwert. Das einäugige Monster konnte Jacen niederschlagen und der Jedi-Klinge doch problemlos entgehen.

»Tausend Blasterblitze!« knurrte Jacen unterdrückt. Er fuchtelte mit dem Lichtschwert durch die Luft und spürte die Kraft der Energieklinge, die vor seinen Augen mit einem blendend blauen Glühen pulsierte.

Der Abyssiner blinzelte mit seinem großen Auge, dann preschte er vor, das zähnestarrende Maul weit geöffnet. Wie ein Rammbock schoß der stachelige Knüppel auf Jacen zu.

Jacen riß das Lichtschwert instinktiv zu einem Abwehrschlag hoch. Die glühende Klinge fuhr durch den Knüppel wie durch weichen Käse. Klirrend fiel das Stachelende auf den Metallboden.

Das Ungeheuer glotzte auf das rauchende Ende seines Knüppels, dann heulte es auf und setzte zu einer erneuten Attacke an. Diesmal war Jacen auf dem Posten – sein Herz pochte, Adrenalinschübe wallten durch seinen Körper, im Einklang mit der Macht und hochgetrieben von seinem Feind.

Aus nächster Nähe ließ der Abyssiner den Knüppel auf sein Opfer niederfahren. Jacen duckte sich zur Seite weg, und das Biest hieb erneut nach ihm, diesmal mit einer krallenbewehrten Klaue.

Jacen tauchte ab, rollte sich über den Boden und hielt dabei das Lichtschwert am ausgestreckten Arm von sich, damit er sich nicht selbst mit der tödlichen Klinge verletzte.

Der Abyssiner stürzte sich auf ihn, drosch mit dem dicken Ende des Knüppels auf ihn ein. Jacen lag auf dem Rücken, hielt das Lichtschwert hoch und verdrehte die Handgelenke so, daß er den Rest des Knüppels zu einem schwelenden Stumpf in den Händen des Monsters durchtrennte. Mit einer raschen Bewegung rollte er sich zur Seite, damit das schwere Holzstück nicht auf ihn herabfiel.

Der Abyssiner warf den nutzlosen Stumpf weg und heulte ein zweites Mal auf, dann sprang er vor, um sich auf den am Boden liegenden Gegner zu stürzen. Jacen riß das Lichtschwert hoch und stieß zu wie mit einem Speer. Die glühende Spitze bohrte sich in die breite Brust des heranstürmenden Monstrums und traf den Abyssiner mitten ins Herz.

Mit einem lauten Brüllen, das schnell verstummte, kippte

die Kreatur vornüber. Jacen zuckte zusammen, als er erkannte, daß das Scheusal ihn unter sich zermalmen würde – doch mitten in der Bewegung begann der Zyklop zu flackern und löste sich erst in ein Feld statischer Entladungen, dann in nichts auf, als der Holoprojektor ausgeschaltet wurde.

Keuchend und schwitzend deaktivierte Jacen das Lichtschwert. Der knisternde Energiestrahl wurde mit einem ersterbenden Zischen in den Griff zurückgesaugt.

Jacen stand auf und klopfte sich ab. Als sich erneut die Tür öffnete, wirbelte Jacen herum und war bereit, einem weiteren schrecklichen Feind entgegenzutreten. Aber da stand nur Brakiss und applaudierte leise.

»Sehr gut, mein junger Jedi«, sagte er. »Das war doch gar nicht so schlecht, oder? Du beweist ein großes Potential. Alles, was dir fehlt, ist etwas Training.«

14

Lowie hatte sich auf die Schlafliege in seiner Zelle gekauert, den Rücken in die Ecke gedrückt und die haarigen Knie an die Brust gezogen. Er schwelgte in Niedergeschlagenheit und Selbstvorwürfen; gelegentlich gab er ein Stöhnen von sich.

Wie hatte er nur so dumm sein können? Er hatte sich von Brakiss' Wortschwall immer weiter auf ein Meer des Zorns hinaustreiben lassen, bis er in ihm untergetaucht und von seinen Strömungen mitgerissen worden war.

Jacen hatte nicht nachgegeben. Und wie verführerisch Brakiss' Lehre auch sein mochte – Lowie weigerte sich, ihn als *Master* Brakiss anzuerkennen –, war auch Jaina ihr nicht erlegen; sie war einfach aufgestanden und hatte ausgesprochen, woran sie glaubte.

Ein zorniges Knurren, das gegen ihn selbst gerichtet war, entfuhr seiner Kehle. Ausgerechnet er, der immer auf sein rationales Denken stolz gewesen war – auf seine Hingabe ans Studieren, Lernen und Verstehen –, hatte sich von dieser Irrlehre beeinflussen lassen. Er würde in Zukunft vorsichtiger sein, sich provozierenden Worten widersetzen, sich ihnen verschließen müssen.

Wenn Jacen und Jaina stark sein konnten, dann konnte er es auch. Jaina hatte nicht aufgegeben. Sie hatte von einem Plan gesprochen, und er mußte bereit sein, seinen Anteil zu leisten, wenn die Zeit für eine Flucht reif war. Die Stärke seiner Freunde machte Lowie zuversichtlich. Sie half ihm, gegen seinen Zorn anzukämpfen. Er schlug mit seiner haarigen Faust gegen die Wand und bellte trotzig. Und er würde diesen Kampf gewinnen.

Wie als eine Antwort auf seine Herausforderung glitt die Tür auf, und zwei Sturmtruppler traten ein, gefolgt von Tamith Kai. Lowie rümpfte die Nase und bemerkte noch etwas anderes, das mit ihnen in seine Zelle eingedrungen war: den unangenehmen Geruch, der diese Gestalten umgab, die Miasmen der dunklen Seite. Beide Sturmtruppler hielten einen aktivierten Stunnerstab in der Hand, und Lowie nahm an, daß sie mit weiterem Ärger rechneten.

»Steh auf«, befahl Tamith Kai.

Lowie fragte sich, ob er sich widersetzen sollte. Ein Stoß mit einem der Stunnerstäbe beantwortete die Frage für ihn.

Tamith Kai musterte Lowie einen Moment lang mit ihren violetten Augen, dann stieß sie scharf den Atem aus, als mache sie sich für eine schwierige Aufgabe bereit.

»Du bist noch unerfahren im Umgang mit der Macht«, sagte sie in einem nicht unfreundlichen Ton, »doch du hast die Fähigkeit zu großem Zorn.« Sie nickte anerkennend. »Das ist deine größte Stärke. Ich werde dir nun beibringen, wie du dir diesen Zorn zunutze machen kannst, wie du maximale Kontrolle über die Macht gewinnst. Du wirst überrascht sein, wie es dein Lernen beschleunigt.«

Sie wandte sich den Sturmtrupplern zu. »Nehmt ihm den Gürtel ab.«

Lowie legte eine schützende Hand auf das glänzende, geflochtene Band und warf einen Blick über die Schulter. Er hatte, als Teil eines Initiationsritus, dem sich jeder Wookiee beim Eintritt ins Erwachsenenalter unterziehen mußte, sein Leben riskiert, um diese Fasern einer Syrenpflanze zu entreißen; dann hatte er aus ihnen mühsam einen Gürtel geflochten, der seine Unabhängigkeit und Selbständigkeit symbolisierte.

Er öffnete den Mund zu einem wütenden Knurren, doch im selben Moment wurde ihm klar, daß das genau die Reaktion war, die Tamith Kai sich erhoffte – daß sie ihn wütend machen *wollte.* Doch so leicht würde er sich diesmal nicht übertölpeln lassen. Er stand entschlossen auf und ließ sich den kostbaren Gürtel widerstandslos von den Sturmtrupplern abnehmen.

Tamith Kai deutete mit einer unmißverständlichen Geste auf den Korridor. Einer der Sturmtruppler verlieh ihrer Aufforderung zusätzliches Gewicht, indem er Lowie in Richtung Tür schubste. Die Schwester der Nacht lächelte Lowie spöttisch an. »Ja, junger Wookiee«, sagte sie, »dein Zorn wird deine größte Stärke sein.«

Sie führten ihn in eine große, unmöblierte Kammer. Helle orangefarbene und rote Lampen leuchteten von ungefilterten Leuchtpaneelen an der Decke herunter. Die kühle Luft stank nach Metall und Schweiß. Als die Tür mit einem Zischen und einem Scheppern zufiel, sah Lowie sich um. Er war vollkommen allein.

Die Minuten wurden ihm zu Stunden, während er angespannt Tamith Kais nächsten Schritten entgegensah, mit denen sie ihn aus der Reserve zu locken gedachte. Seine goldenen Augen tasteten argwöhnisch die nackten Wände ab.

Nichts geschah.

Während er wartete, schienen die Lichter in der Kammer heller und die Luft kälter zu werden. Schließlich setzte er sich mit dem Rücken an eine Wand, nach wie vor mißtrauisch und auf alles gefaßt.

Nichts.

Eine ganze Zeit später fuhr Lowie ruckartig hoch und stellte erschrocken fest, daß er fast eingenickt wäre. Abermals betrachtete er die Wände, versuchte festzustellen, ob sich etwas verändert hatte. In diesem Moment hätte er gern den geschwätzigen MTD bei sich gehabt, um sich wach zu halten – und um etwas Gesellschaft zu haben.

Plötzlich explodierten qualvoll schrille Geräusche in Lowies Kopf, die ihn aus einem unruhigen Schlaf weckten. Grelle Lichter blitzten über ihm und blendeten ihn in ihrer Intensität. Mir einem Satz war Lowie auf den Beinen.

Er versuchte seinen verschwommenen Blick zu klären, als er sich nach der Quelle des Geheuls umsah, preßte die Hände auf die Ohren und brüllte vor Schmerz. Aber er konnte den Lärm nicht dämpfen, der sich in sein Hirn fraß wie ein Laserstrahl in weiches Holz.

Von einer Sekunde auf die andere verstummten alle Geräusche und ließen ein Vakuum der Stille zurück. Die Leuchtpaneele beruhigten sich und strahlten wieder in ihrem früheren Helligkeitsgrad.

Tamith Kais Gesicht erschien hinter einem breiten Transparistahlpaneel in der Wand, das Lowie bisher nicht aufgefallen war. Noch benommen von dem jäh unterbrochenen Schlaf warf Lowie sich voller Frustration gegen das Paneel. Tamith Kais erfreutes Kichern ernüchterte ihn sofort. »Ein guter Anfang«, sagte sie.

Lowie wich in die Mitte des Raums zurück, setzte sich, schlang die langen, haarigen Arme um die Beine und versuchte sich zu beruhigen. Er durfte nicht noch einmal zulassen, daß sein Temperament mit ihm durchging.

Tamith Kais höhnische Stimme hallte durch die leere Kammer. »Oh, wir sind mit unserer Lektion noch längst nicht am Ende, Wookiee. Du wirst es schon aushalten.«

Lowie drückte die Stirn an die Knie und weigerte sich, sie anzusehen, sich überhaupt zu rühren.

»Wie du willst«, fuhr die Stimme fort, »vielleicht ist es sogar noch besser so. Das Feuer deines Zorns wird um so heftiger brennen, je mehr ich es schüre.«

Wieder bohrte sich das schrille Geräusch in sein Gehirn, und grelle Blitzlichter peinigten seine Augen. Lowie versuchte seine Gedanken nach innen zu lenken. Er ließ alles stumm über sich ergehen.

Die Geräusche und das Geflacker brachen unvermittelt ab, als ein schwerer schwarzer Gegenstand durch eine Luke neben ihn auf den Boden fiel. Ohne in seiner Konzentration nachzulassen, hob Lowie den Blick, um nachzusehen, worum es sich handelte.

»Dies ist ein Schallgenerator«, erklärte Tamith Kais volle, tiefe Stimme. »Er erzeugt die schöne Musik, an der du dich heute erfreuen darfst.« Ein Unterton grausamer Belustigung erfüllte ihre Worte. »Er sendet außerdem das Signal für die Stroboskopschaltung der Leuchtpaneele. Um deine heutige Lektion zu beenden, brauchst du nur den Schallgenerator zu zerstören.«

Lowie betrachtete den kastenförmigen Gegenstand: Er hatte weniger als einen Meter Seitenlänge, bestand aus mattpoliertem Metall mit abgerundeten Kanten und Ecken und verfügte über keine Griffe oder dergleichen. Lowie streckte die Hand danach aus.

»Gib dir keine Mühe«, hörte er wieder Tanith Kais Stimme, »nicht einmal ein ausgewachsener Wookiee kann ihn ohne Hilfe der Macht hochheben.«

Lowie versuchte das Ding zu bewegen und mußte feststellen, daß sie recht hatte. Er schloß die Augen und konzentrierte sich, zapfte die Macht an und versuchte es erneut. Der Generator rührte sich kaum. Lowie schüttelte verwirrt den Kopf. Das Gewicht an sich oder die Größe des Gegenstandes hätten eigentlich keine Rolle spielen dürfen, sagte er sich. Vielleicht, überlegte er, war er einfach zu müde. Oder vielleicht benutzte Tamith Kai die Macht, um das Gerät niederzuhalten.

»Denk nach, mein junger Jedi«, tadelte Tamith Kai. »Du kannst nicht erwarten, einen so schweren Gegenstand mit deinen schwächsten Muskeln anzuheben.«

Wieder blitzten Lichter, und ein Speer von Geräuschen bohrte sich durch seine Ohren. Aber nur für einen Augenblick.

»Halte deine Wut nicht zurück«, fuhr Tamith Kais Stimme fort, als habe keine Unterbrechung stattgefunden. »Du mußt sie benutzen ... setze sie frei. Nur so kannst du dich selbst befreien.«

Lowie begriff, was sie vorhatte, und das Wissen verlieh ihm Kraft. Er schloß die Augen, holte tief Luft und machte sich bereit, den Lichtern und Geräuschen standzuhalten.

Aber auf das, was folgte, war er nicht vorbereitet.

Von allen Seiten schossen Strahlen eisigen Wassers aus den Wänden und schlugen mit zerstörerischer Gewalt über ihm zusammen. Er wurde überschwemmt, zog sich zitternd in eine Ecke zurück, doch die Hochdruckstrahlen prasselten weiter erbarmungslos auf ihn ein. Die unbarmherzige Nässe kroch unter seine Augenlider, in seine Ohren, seinen Mund, strömte über seinen ganzen Körper und attackierte ihn mit einer Kälte, die ihm bis auf die Knochen ging.

So plötzlich, wie er eingesetzt hatte, hörte der Wasserüberfall auf. Konvulsivisch zuckend und zähneklappernd sah Lowie an sich hinunter und stellte fest, daß er bis zu den Knöcheln in Wasser stand, das kaum wärmer als ein Gletscherstrom war. Zorn wallte in ihm empor, doch er unterdrückte ihn, ließ ihn aus sich hinausfließen, so wie das Wasser an ihm herabgeflossen war. Er unternahm einen neuen Versuch, den Schallgenerator anzuheben, doch es hatte keinen Sinn.

Als hätten Lowies Anstrengungen ihn in Betrieb gesetzt, startete der Schallgenerator einen neuen Angriff auf seine Sinne, ließ die Leuchtpaneele blitzen und erfüllte den Raum mit einem so schrillen und allgegenwärtigen Geheul, daß Lowie das Gefühl hatte, er würde jeden Augenblick darin versinken.

Aber schließlich gelang es ihm, seine Gedanken auf seine Freunde Jacen und Jaina zu konzentrieren. Er würde stark sein.

Als der Generator eine Pause machte, trafen ihn weitere Fäuste eiskalten Wassers von allen Seiten.

Wie lang diese Torturen aufeinander folgten, konnte Lowie nicht sagen. Nach einer gewissen Zeit hatte er das Gefühl, sein Leben sei nie etwas anderes gewesen als eine ewige Kette aus Licht, Lärm, Wasser, Licht, Lärm, Wasser ...

Doch er gab seiner Wut immer noch nicht nach.

Zu dem Zeitpunkt, als Tamith Kai wieder zu ihm sprach, hatte er sich zu einem zitternden Häufchen triefnassen Elends zusammengekauert und hockte direkt auf dem Schallgenerator, als könne er so etwas Gefühl in seine tauben Beine und Füße zurückbringen.

»Du hast die Macht in dir, deinen Qualen ein Ende zu bereiten«, sagte ihre Stimme mit gespieltem Mitgefühl. »Leider ist Standhaftigkeit, mein junger Jedi, nur dann bewundernswert, wenn sie dir etwas einbringt.«

Lowie zeigte keinerlei Reaktion, hob nicht einmal den Kopf.

»Dein Starrsinn hilft dir nicht weiter. Und deinen Freunden übrigens auch nicht. Sie haben bereits begriffen, daß ich die Wahrheit sage«, fuhr sie fort.

Lowies Kopf zuckte hoch, und er gab ein ungläubiges Knurren von sich.

»Doch, es ist wahr«, sagte sie mit einem ermunternden Unterton in der Stimme. »Würdest du sie gern sehen?«

Bevor er mit einem Bellen zustimmen konnte, flirrten zwei holographische Bilder vor seinen Augen. Auf einem konnte er Jacen erkennen; er schwang ein Lichtschwert, und auf seinem jungen Gesicht loderte ein Ausdruck grimmiger Entschlossenheit. Die andere Holographie zeigte Jaina, wie sie, den Kopf mit einem herausfordernden Grinsen in den Nacken gelegt, mit Hilfe der Macht schwere Gegenstände durch die Luft wirbeln ließ.

Lowie streckte mit einem Aufschrei benommener Fassungslosigkeit die Hand nach den leuchtenden Bildern aus – und fiel kopfüber in das eisige Wasser, das den Boden bedeckte. Er stemmte sich wieder hoch, und im gleichen Augenblick setzte der Schallgenerator sein zermürbendes Geheul fort.

Tief in ihm schürten Entsetzen, gepaart mit Wut, und das Gefühl, verraten worden zu sein, die Glut, die solange in ihm geschwelt hatte. Flammen des Zorns schossen in ihm empor, erfüllten ihn mit ihrer unwiderstehlichen Hitze, schlugen immer höher, bis sie sich in einem wilden Gebrüll in seiner Kehle Bahn brachen.

In diesem Augenblick vergaß er alles.

Lowie erwachte in seiner Zelle, umgeben von wohltuender Dunkelheit. Das Zimmer war warm, und er lag unter einer weichen Decke auf der Pritsche. Seine Muskeln schmerzten, aber er fühlte sich gut ausgeruht. Er tastete mit einer Hand an seine Hüfte und stellte fest, daß er wieder den geflochtenen Gürtel trug.

Aus unmittelbarer Nähe hörte er Tamith Kais Stimme. Lowie war nicht überrascht, die große, dunkelhaarige Schwester der Nacht neben sich stehen zu sehen. Im schwachen Schein der Leuchtpaneele sah er, daß sie einen unregelmäßig geformten Gegenstand in der Hand hielt.

»Das hast du gut gemacht, junger Wookiee«, sagte sie.

Lowie stöhnte traurig auf, als ihn die Erinnerung an das überschwemmte, was er getan hatte.

»Mit deiner Wut hast du meine Erwartungen übertroffen«, sagte Tamith Kai und sah ihn mit offensichtlichem Stolz an. »Zur Belohnung habe ich dir deinen Droiden mitgebracht.«

Lowie konnte vor Verwirrung keinen klaren Gedanken fassen. Sollte er *stolz* auf sein Verhalten sein? Sollte er sich schämen? Er nahm MTD erleichtert aus Tamith Kais Händen entgegen und befestigte den kleinen Droiden an seinem angestammten Platz an seinem Gürtel.

»Du wirst einmal ein mächtiger Jedi«, sagte Tamith Kai und lächelte verschwörerisch. »Nachdem du deiner Wut freien Lauf gelassen hast, konnten wir den Schallgenerator wegwerfen. Bei anderen Gelegenheiten haben wir ihn zumindest immer noch reparieren können.« Mit diesen Worten schlenderte sie aus dem Zimmer und überließ ihn seinen Gedanken.

Lowie stand auf und stöhnte, weil seine Muskeln ihm den Dienst verweigerten. Mutlos sackte er auf die Pritsche zurück.

»Nun, wenn Sie meine Meinung hören wollen«, plapperte MTDs dünne Stimme, »Sie haben sich durch Ihren sinnlosen Widerstand nur selbst geschadet.«

Lowbacca knurrte eine überraschte Erwiderung.

»Wer *mich* gefragt hat?« echote MTD beleidigt. »Nun, ich weiß wirklich nicht, warum Sie so verärgert sind. Schließlich sind Sie hier in der Schatten-Akademie, um etwas zu lernen. Also, Sie können sich wirklich glücklich schätzen, daß man derart an Ihnen interessiert ist.

Die Imperialen sind sehr aufmerksam, wissen Sie. So aufmerksam, daß sie sogar mein Potential erkannt und mich in ihre Pläne einbezogen haben. Ich fühle mich wirklich geehrt.«

Von einem unangenehmen Verdacht beunruhigt, bellte Lowie eine Frage.

»Was mit mir nicht stimmt?« fragte MTD. »Nun, ich kann keinerlei Fehlfunktion feststellen. Ganz im Gegenteil. Als ein Ausdruck ihres vollkommenen Vertrauens haben Brakiss und Tamith Kai meine Programmierung optimiert. Ich fühle mich jetzt besser denn je. Ich werde bei Ihrer Ausbildung eine wichtige Rolle spielen. Sie müssen begreifen, daß ihnen nur Ihr Bestes am Herzen liegt. Das Imperium ist Ihr Freund.«

Lowie gab einen nachdenklichen Laut von sich, als akzeptiere er MTDs Worte – und streckte eine Hand aus, um den kleinen Droiden auszuschalten.

Der Nebel in seinem Kopf hatte sich plötzlich gelichtet, und während MTDs Gefasel war ihm etwas klar geworden. Sicher, er hatte nachgegeben, aber aufgegeben hatte er deshalb noch lange nicht. Und wenn er etwas über Jacen und Jaina wußte, dann wußten sie vielleicht auch etwas über ihn – jedenfalls würde er darauf hoffen müssen.

15

Es war Nachmittag, als Tenel Ka zurückkam. Sie fand Master Skywalker in Gedanken versunken in der kleinen Sklavenunterkunft, die Augwynne Djo ihm zur Verfügung gestellt hatte, damit er während der Sitzung vor neugierigen Blicken geschützt war.

»Ich habe mit dem Rat der Schwestern gesprochen«, sagte sie. Die Hitze kroch die Klippe zur Festung des Singing Mountain Clan empor und verlieh der abgestandenen Luft einen verbrannten Geruch. »Sie erwarten zur Abenddämmerung Besuch. Dann werden alle unsere Fragen beantwortet.«

»Also warten wir«, sagte Master Skywalker und sah sie mit seinen tiefblauen Augen an. »Es gibt kaum etwas, was einem so schwerfällt – vor allem, wenn einem die Zeit unter den Nägeln brennt; wir wissen immer noch nicht, was mit Jacen, Jaina oder Lowbacca eigentlich geschehen ist. Aber wenn Abwarten uns zu Antworten verhilft, die Handeln uns nicht beschaffen kann ... dann«, er lächelte, »ist Abwarten eben die richtige Vorgehensweise.«

Wie es sich für einen anständigen Gast gehörte, machte Tenel Ka sich mit kleineren Arbeiten für den Singing Mountain Clan nützlich, während langsam die Stunden dahinkrochen.

Die Sonne sank dem Horizont und der Dämmerung entgegen. Tiefstehende Wolken am ansonsten klaren Himmel glühten hellrot oder orange und verstreuten letzte Lichtstrahlen in der aufgeheizten Atmosphäre. Surrende Insekten und herumflitzende Eidechsen wurden immer reger, während ihre Welt sich zum Abend hin abkühlte, und erfüllten die Stille des weichenden Tages mit leisem Rascheln.

Von einer der unteren Terrassen der Klippensiedlung schauten Tenel Ka und Master Skywalker auf die brütendheiße Felsebene hinunter und sahen zu, wie die Abendsonne immer längere Schatten warf. Verglichen mit der farbenprächtigen Kleidung aus Reptilienhäuten, die Tenel Ka trug, wirkte Master Skywalkers braunes Gewand fade und schmucklos – aber sie kannte die Kraft und die Fähigkeiten, die er in sich barg.

Tenel Ka bemerkte etwas Großes und Dunkles, das sich über die Ebene auf sie zubewegte. Sie hob den Kopf, kniff die grauen Augen zusammen und beobachtete das Wesen, während es näher kam. Irgendein großes Tier, auf dem jemand ritt – nein, zwei Personen sogar.

Master Skywalker nickte. »Ja, ich sehe es. Ein Rancor mit zwei Reitern.« Tenel Ka blinzelte nochmals und begriff, daß Luke seinen Gesichtssinn mit Hilfe der Macht verstärkte und die Reisenden ebenso spürte, wie er sie sah.

Andere Angehörige des Singing Mountain Clan traten an ihre offenen Ziegelfenster und auf die Klippengalerien, von wo aus sie in nervöser Erwartung hinunterschauten.

Das Rancor trottete langsam, doch unaufhaltsam voran. Tenel Ka konnte das ungeschlachte Monstrum deutlich erkennen, dessen knorriger, graubrauner Leib nichts als ein Vehikel für eine unüberschaubare Menge von fürchterlichen Fängen und Klauen zu sein schien. Eine große, muskulöse Frau ritt vorn; hinter ihr saß ein dunkelhaariger junger Mann mit dichten Augenbrauen, der ebenso wie die Frau einen silbrig schillernden, schwarzen Mantel trug.

»Sie ist eine Schwester der Nacht«, sagte Tenel Ka. »Ich kann es spüren.«

Master Skywalker nickte. »Ja, aber diese neue Generation scheint gut ausgebildet und noch gefährlicher zu sein. Irgend etwas Merkwürdiges liegt in der Luft. Ich kann fühlen, daß wir auf der richtigen Spur sind.«

»Aber – was ... was macht dieser Mann da bei ihr?« fragte Tenel Ka. »Keine Herrscherin von Dathomir würde einen Mann wie ihresgleichen behandeln.«

»Nun ja«, sagte Luke, »vielleicht hat sich hier wirklich einiges verändert.«

Unter ihnen brachte die Nachtschwester das riesige Rancor zum Stehen. Das klauenbewehrte Biest mit dem massigen Kopf zischte, bäumte sich auf und scharrte mit den knorrigen Knöcheln über den glutheißen harten Boden. Die Nachtschwester stieg ab, und ihr schwarzgewandeter Gefährte landete mit einem eleganten Sprung neben ihr. Sie standen zwischen zwei mächtigen Bronzesteinen, die aus dem Sand aufragten.

»Hört mich an, ehrwürdiges Volk!« rief die Frau die Klippe hinauf. Ihr Ruf hallte über die Felsen, die ihre Worte als Echo zurückwarfen und ihre Stimme lauter und tiefer klingen ließen. Tenel Ka fragte sich, wie es die dunkle Frau schaffte, derart machtvoll zu sprechen. Sie spürte, daß sie von der Schwester der Nacht in ihren Bann gezogen wurde, auch wenn sie einfach nur dastand und zuhörte.

»Sie benutzt die Macht für einen Trick«, sagte Master Skywalker, »schürt unsere Emotionen und macht uns neugierig auf das, was sie zu sagen hat.«

Tenel Ka nickte. Eine kühle Brise, die im raschen Temperaturumschwung des Abends auffrischte, wehte ihr das rotgoldene Haar ins Gesicht.

»Wir sind wieder einmal zu anderen Menschen aufgebrochen, die an dem interessiert sein könnten, was wir anzubieten haben. Ja, wir wissen, daß vor langer Zeit böse Nachtschwestern mit eiserner Hand und grausamer Entschlossenheit über Dathomir geherrscht haben. Es waren schlechte Menschen – aber das bedeutet nicht, daß ihre Ausbildung völlig verfehlt gewesen, daß alles, was sie über die Macht wußten, abzulehnen ist.

Ich bin Vonnda Ra, und dies ist mein Gefährte Vilas. Ja – ein Mann. Ich kann spüren, daß ihr schockiert und überrascht seid, aber das solltet ihr nicht. Von anderen Verbündeten haben wir erfahren, daß diese Energie, die wir die ... *die Macht* nennen, in allen Wesen existiert, männlichen wie weiblichen. Nicht nur Schwestern können sie zu ihrem Wohl einsetzen, auch Männer – Brüder können über ihre Kraft gebieten.«

Auf der Klippe wurden viele unruhig.

»Ich spüre eure Skepsis«, sagte Vonnda Ra, »aber ich versichere euch, daß es wahr ist.«

Tenel Ka flüsterte Master Skywalker etwas zu. »Ich habe in den letzten Jahren viel gesehen«, sagte sie, »und ich glaube, ich weiß, wie andere Gesellschaften funktionieren – aber ich fürchte, daß einige der konservativeren Sippen auf Dathomir noch nicht soweit sind, diese Vorstellungen von Gleichheit zu akzeptieren.«

Master Skywalker nickte, schürzte aber ernst die Lippen. »Es gibt in der Jedi-Lehre nichts, was Männer oder Frauen bevorzugt – oder Menschen überhaupt. Dein Volk hat sich nur selbst betrogen.«

Weit unter ihnen stand Vonnda Ra neben dem gezähmten Rancor und rief zu ihnen hinauf. »Vilas, mein bester männlicher Student, wird euch eine kleine Probe seines Könnens geben, die euch beeindrucken wird.«

Der dunkelhaarige Vilas zog seinen glitzernden schwarzen Mantel aus und hängte ihn über den abgewetzten Whuffahautsattel auf dem Rücken des Rancors. Er fing an, sich zu konzentrieren, stand einsam auf dem flachen, verbackenen Schutt zwischen den Steinsäulen, die Arme an den Seiten, die Hände zu Fäusten geballt.

Noch auf der hohen Klippe konnte Tenel Ka Vilas summen hören. Unter den buschigen Brauen hatte er die Augen zugekniffen. Sein schwarzes Haar begann sich zu sträuben, flackerte vor statischer Elektrizität. Wellen anwachsender Energie ließen ihn erbeben.

Hoch am purpurroten Himmel waren Sterne zum Vorschein gekommen, strahlend weiße Lichter vor dem Hintergrund der einsetzenden Nacht. Wolken ballten sich zusammen, zunächst nur blasse Streifen, die sich verdichteten und allmählich miteinander verschmolzen. Tenel Ka trat zurück, als die Brise auffrischte und kälter wurde.

»Wir suchen immer nach neuen Rekruten«, rief Vonnda Ra zu der versammelten Menge hinauf. Die Angehörigen des Singing Mountain Clan drängten sich an den Fenstern und auf den Galerien zusammen.

»Wenn jemand von euch den Umgang mit der Macht erlernen möchte, um dasselbe zu können wie Vilas und ich – ob ihr nun Mann oder Frau seid, von edlem Geblüt oder von Sklaven geboren –, dann schließt euch uns an. Unsere Siedlung befindet sich auf dem Grund des Great Canyon, zu Fuß nur drei Tagesreisen von hier.

Wir können nicht garantieren, daß wir euch erwählen, aber wir werden eure Fähigkeiten prüfen. Jeder, der über die entsprechenden Talente verfügt, wird in unsere Mitte aufgenommen. Wir werden euch lehren, wie man ein wichtiges Rad im Mechanismus des Universums wird. Ihr habt eine strahlende Zukunft vor euch, wenn ihr euch uns anschließt.«

Als Vonnda Ra ihren Monolog beendete, übertönte ein ohrenbetäubender Donnerschlag ihre letzten Worte. Violette Blitze kratzten riesige Zackenbahnen in den Himmel.

Vilas war eine der bronzenen Felsnadeln emporgestiegen und kletterte so leichtfüßig, als ziehe ihn jemand an Seilen hinauf, der Spitze entgegen. Schließlich stand er mit erhobenen Armen auf der verwitterten Felskrone. Statische Entladungen umwirbelten ihn, als die aufziehenden Gewitterwolken sich auf seinen Befehl hin auftürmten.

Weitere Blitze zuckten über die Wüstenlandschaft, schlugen in vereinzelte Felsen auf der flachen Ebene ein und ließen Gesteinsbrocken und Funken in alle Richtungen davonstieben. Der Sturm wurde heftiger, peitschte sie mit einem kalten Wind. Tenel Ka blinzelte sich brennende Tränen aus den Augen, während ihr das Haar unnachgiebig ins Gesicht schlug.

Vilas stand oben auf der Felsnadel und dirigierte den Sturm. Die Wolken wurden dichter, färbten den Himmel schwarz.

Tenel Ka schaute die Klippe hinunter und sah, daß neben dem einsamen Rancor auch Vonnda Ra mit ausgestreckten Händen den Sturm anrief, die Handflächen gen Himmel gerichtet, die Finger gespreizt. Blitze prasselten auf die Wüste nieder. Das Rancor schnaubte und scheute, lief aber nicht weg.

»Kommt in den Great Canyon«, rief Vonnda Ra über das Heulen des Windes hinweg. »Wenn ihr über eine Macht wie diese gebieten wollt, kommt in den Great Canyon.«

Vilas sprang von der Felsnadel und landete locker auf dem windgepeitschten Wüstensand neben dem scheuenden Rancor. Er und Vonnda Ra stiegen in den zerschlissenen Sattel.

Vonnda Ra packte das Tier an den Zügeln und riß es herum. Das klauenbewehrte Monstrum trottete in die Wüste davon, während der Sturm weiter die Klippen umtoste.

Tenal Ka starrte ihnen hinterher und versuchte ihren Blick nicht von der schrumpfenden Silhouette des Monstrums und seiner beiden Reiter zu lösen. »Jetzt wissen wir also Bescheid ...«, sagte sie. »Was sollen wir tun?«

Luke legte ihr eine Hand auf die Schulter, und sie konnte seine Zuversicht spüren. »Wir begeben uns in diesen Great Canyon und bieten uns selbst als Kandidaten an«, sagte er. »Sie sagte doch, daß sie ständig nach neuen Rekruten suchen. Auf jeden Fall können wir jetzt sicher sein, daß wir auf der richtigen Spur sind. Jacen, Jaina und Lowbacca sind vielleicht schon dort.«

Tenel Ka biß sich auf die Lippe und nickte. »Ganz sicher.«

16

Jaina ließ das Lichtschwert ausgeschaltet und versuchte es Brakiss wieder in die Hand zu drücken, aber er nahm es nicht zurück.

»Ich mache Ihre Spielchen nicht mit«, beharrte Jaina.

»Wir *spielen* in der Schatten-Akademie nicht«, belehrte sie Brakiss, »sondern wir üben. Dies ist ein wichtiges Training für einen Jedi.«

»Sich mit dummen holographischen Monstern zu duellieren? Nein, danke. Und überhaupt, ich habe schon viel zuviel für Sie getan. Sie könnten uns genausogut nach Hause bringen, denn wir werden nie Ihrer Schatten-Akademie dienen.«

Brakiss breitete die Arme auseinander. »Aber nicht doch, du bist doch schon so gut mit dem Lichtschwert«, sagte er, als tadele er ein widerspenstiges Kind. »Versuch's noch ein einziges Mal. Ich biete dir einen würdigen Gegner, eine wirkliche Herausforderung für eine begabte Kämpferin.«

»Warum sollte ich?« fragte Jaina. »Ich schulde Ihnen nichts. Ich will meinen Bruder sehen. Und ich will Lowie sehen.«

»Du wirst sie noch früh genug sehen.«

»Ich werde nicht kämpfen, wenn Sie mir nicht erlauben, sie zu sehen.«

Brakiss seufzte. »Nun gut, ich verspreche dir, daß ihr euch während der Unterrichtsstunden wieder sehen dürft. Aber nur«, er hob einen Finger, »wenn du mir versicherst, daß ihr keinen Ärger mehr macht.« Jainas Lippen wurden zu einer grimmigen Linie. Für den Moment war das die beste Einigung, die sie erzielen konnte. »Einverstanden.«

Dann sagte Brakiss in beunruhigend aufmunterndem Ton: »Betrachte es einmal unter diesem Aspekt: Je mehr du trainierst, um so größer sind deine Chancen, sollte es jemals zu einem Kampf mit mir kommen. Denk mal darüber nach ... Training für eine eventuelle Flucht! Na, wie klingt das?«

Das ruhige Lächeln in seinem glatten, ebenmäßigen Gesicht machte sie rasend.

»Wir werden unsere morgendliche Lektion noch um eine Kleinigkeit erweitern. Wenn du kämpfst, wird dich eine holographische Verkleidung umhüllen. Sie wird deine Bewegungsfreiheit nicht einschränken, dich aber wahrscheinlich ein wenig irritieren. Du mußt lernen, mit dieser dreidimensionalen Maske umzugehen: Zum Wohle des Imperiums wird es gelegentlich vonnöten sein, unsere Dunklen Jedi mit dieser Tarnvorrichtung zu versehen.«

Jaina hielt das Lichtschwert vor sich hin. »In Ordnung, ich werde diese Stunde noch einmal kämpfen – aber dann müssen Sie mich meinen Bruder und Lowie sehen lassen.«

»So haben wir es vereinbart«, erwiderte Brakiss. »Ich werde das sofort arrangieren. In der Zwischenzeit wünsche ich dir viel Glück.« Mit diesen Worten eilte er hinaus, und die Tür wurde hinter ihm versiegelt.

Die mattgrauen Wände flackerten, und Jaina sah Schatten, die sich um sie schlangen – nicht dunkel genug, um sie blind zu machen, doch immerhin dicht genug, um alles dahinter verschwimmen zu lassen. Sie nahm an, daß es sich dabei um die holographische Tarnung handelte.

Am anderen Ende des Raums quietschte eine imaginäre Holztür auf, und Jaina verdrehte die Augen. Nur eine kitschige Illusion, so wie alles andere auch. Jaina fand das alles andere als spaßig. Ihre einzige Herausforderung bestand darin, sich zusammenzureimen, wie die Anlagen der Station funktionierten. Eines Tages würde sie die Schatten-Akademie austricksen und ihre Systeme zum Absturz bringen. Im Moment machte sie Brakiss' Spielchen noch mit, aber irgendwann würde sie schon eine Möglichkeit finden, die Pläne ihres Meisters zu durchkreuzen und ihn mit seinen eigenen Waffen zu schlagen.

Ihr neuer Gegner stieg durch die verriegelte Kerkertür – eine hochgewachsene, vollkommen in Schwarz gehüllte Gestalt. Die schwarze Plastahlmaske wummerte und zischte, wenn Darth Vader durch den Atemfilter atmete.

Erschrocken hielt sie den Atem an und schaltete instinktiv das Lichtschwert ein. Brakiss war unfair! Das ging über alle Illusionen hinaus, mit denen sie bisher konfrontiert worden war. Darth Vader war schon vor der Geburt der Zwillinge getötet worden, aber immerhin war der Dunkle Lord der Sith ihr Großvater gewesen; sie wußte alles über ihn.

Vaders Lichtschwert pulsierte tiefrot wie frisches Blut und glühte von einem inneren Licht. Jaina spürte, wie Wut und Entsetzen in ihr emporstiegen, und trat dem Dunklen Lord entgegen. Die holographische Tarnung folgte jeder ihrer Bewegungen, doch davon ließ sie sich nicht ablenken.

Jaina verabscheute die Greueltaten, die Darth Vader während seiner Allianz mit dem Imperator verübt hatte – aber sie fand auch Gefallen an der Vorstellung, was aus ihrem Großvater Anakin Skywalker hätte werden *können,* nämlich der aufrechte Mann, in den er sich in den letzten Augenblicken seines Lebens verwandelte, als er sich gegen den Imperator wandte und seine Schreckensherrschaft beendete.

War es ihre eigene Furcht oder etwas, das tiefer ging? Jaina spürte jedenfalls ein großes Unbehagen im Trainingsraum, eine pulsierende Angst, die ihre Bewegungen lähmte.

Darth Vader nutzte ihr ängstliches Zögern. Er ging auf sie los, und das glutrote Lichtschwert knisterte. Sein Atem hallte durch die Kammer. Vader hieb mit der Waffe zu, und Jaina konterte mit ihrem eigenen Schwert. Ein Funkenschauer regnete auf sie herab, als die Klingen sich kreuzten.

Sie droschen immer wieder aufeinander ein. Schlag, Parade, Angriff, Verteidigung.

Jaina holte aus und versuchte einen Treffer auf Darth Vaders Brustpanzer zu landen, aber der Dunkle Lord wehrte ihn mit seiner Laserklinge ab. Sie duckte sich weg, als er mit einer wütenden Attacke dagegenhielt, mit seinem Lichtschwert loshieb und zustach. Das Kreischen elektrischer Entladungen machte sie beinahe taub. Als Jaina ins Taumeln geriet, stellte sie sich vor, es sei nicht Vader, sondern Brakiss oder Tamith Kai – diejenigen, die sie entführt und gemeinsam in diese Schule der Dunkelheit gebracht hatten. Neue Kraft durchströmte sie. Diesmal war es an ihr, den Gegner zurückzutreiben.

Sie landete einen Hieb nach dem anderen. Wieder und wieder schlugen die Lichtschwerter krachend aufeinander, doch Darth Vader schien aus Jainas wildem Ansturm Kraft zu ziehen. Sie kämpften eine ganze Zeit weiter, ohne daß einer von ihnen die Oberhand gewann. Waren es Minuten oder Stunden? Jaina wußte es nicht. Sie hatte jegliches Gefühl für Zeit verloren.

Sie standen mit überkreuzten Lichtschwertern da, umhüllt von den Lichtbögen elektrischer Entladungen, und preßten sich mit aller Macht gegeneinander. Aber Vader konnte sie nicht überwältigen, und sie nicht ihn. Sie waren einander ebenbürtig.

Sie knirschte mit den Zähnen und strengte sich an, atmete schwer, ein kaltes Brennen in den Lungen. Sie keuchte, gab aber nicht nach. Auch Vader wich keinen Zentimeter zurück.

»Das reicht!« dröhnte Brakiss' Stimme über das Interkom.

Die holographische Simulation des Trainingsraums verblaßte und versetzte sie in den mattgrauen Saal zurück, ihr

Lichtschwert immer noch mit dem ihres Gegners gekreuzt. Erst jetzt sah sie, wer ihr Widersacher tatsächlich war.

Jacen.

Im Kontrollraum, auf dessen Monitoren er das Geschehen in der Simulationskammer verfolgte, legte Brakiss die Fingerspitzen aneinander. Mit diabolischem Vergnügen beobachtete er, wie die beiden Zwillinge aufeinander losgingen.

In seiner dunklen Imperiumsuniform stand Qorl neben ihm und verfolgte das Duell. Der Monitor blendete die holographischen Verkleidungen aus und zeigte nur die beiden Zwillinge, die auf Leben und Tod gegeneinander kämpften – und das, ohne es zu wissen! Ihre Lichtschwerter überkreuzten und verhakten sich, und keiner überwältigte den anderen.

Qorl sah eine ganze Weile schweigend zu, doch konnte er seine innere Unruhe kaum verbergen. Schließlich fragte er: »Ist das nicht gefährlich, Brakiss? Ein kleiner Schlenker, und die Kinder sind tot. Sie würden zwei Ihrer besten Rekruten verlieren.«

»Ich bezweifle, daß ich sie verlieren werde«, sagte Brakiss und tat die Bemerkung mit einem Wink ab. »Aber falls tatsächlich einer den anderen tötet, dann wissen wir zumindest, wer von beiden der bessere Kämpfer ist. Auf ihn werden wir unsere Ausbildung dann wohl konzentrieren müssen.«

»Aber das ist doch reine Verschwendung«, sagte Qorl. »Warum tun Sie das? Das ergibt doch keinen Sinn.«

Brakiss wandte sich dem alten TIE-Piloten zu. Ein kaum wahrnehmbarer Anflug von Wut huschte über sein makelloses Gesicht. »Der Sinn besteht darin, die stärksten Kämpfer für das Imperium ausfindig zu machen und auszubilden. Die talentiertesten Dunklen Jedi.«

»Ganz gleich, was es kostet?« fragte Qorl.

»Es ist ohne Bedeutung, was es kostet«, erwiderte Brakiss.

»Die jungen Zwillinge sind einfach nur Werkzeuge, die wir benutzen können – so wie Sie, so wie wir alle.«

Qorl runzelte die Stirn und blickte auf die kämpfenden Kinder. »Wollen Sie damit sagen, die Zwillinge seien ersetzbar?«

»Sie sind Zutaten ... Komponenten, die in eine große Maschine eingefügt werden sollen. Wenn sie unseren strengen Auswahlkriterien nicht genügen, sind sie für uns nutzlos. Aber vielleicht haben Sie recht«, lenkte Brakiss schließlich ein. »Sie haben beide gut gekämpft und ihr Geschick mit dem Lichtschwert bewiesen. Jetzt sollten wir sie einmal einer wirklichen Belastungsprobe unterziehen.«

Er schaltete das Komgerät ein. »Das reicht!« sagte er und schaltete den Generator für die holographische Tarnung aus.

Die Zwillinge schrien auf und sprangen auseinander. Sie konnten es nicht fassen, daß sie noch vor wenigen Augenblicken versucht hatten, sich gegenseitig umzubringen.

Nach ein paar Sekunden schaltete Brakiss das Interkom aus, um das empörte Geschrei der Kinder nicht mehr mit anhören zu müssen. Er zuckte die Achseln und lächelte Qorl an. »Ich habe ihr versprochen, daß sie ihren Bruder sehen darf. Ich weiß gar nicht, worüber sie sich so aufregt.«

Qorl wandte sich ab und ging zum Ausgang, damit Brakiss ihm nicht anmerkte, wie unangenehm ihm die ganze Sache war. Die grobe Behandlung, die Jacen und Jaina erdulden mußten, machte ihm zu schaffen und berührte ihn mehr, als ihm recht war.

»Ihre Ausbildung kommt ordentlich voran«, sagte Brakiss, als Qorl die Tür erreichte. »Ich bin mit ihren Fortschritten zufrieden. Sie werden uns als Dunkle Jedi-Rtter noch einmal großartige Dienste leisten.«

Qorl gab einen unverbindlichen Kommentar von sich, als er hinauseilte und die Tür hinter sich schloß.

17

Tenel Ka und Luke ritten auf einem jungen Rancor, das noch nicht das Brandzeichen einer bestimmten Sippe trug.

Die Nachtluft war warm und noch schwer von der Feuchtigkeit des unnatürlichen Sturms, den Vonnda Ra und ihr Student Vilas entfacht hatten. Dathomirs zwei Monde lugten zwischen den Wolken hindurch und leuchteten ihnen mit einem diffusen, perlgrauen Licht den Weg.

Tenel Ka saß vor Luke in dem Whuffaledersattel und ritt das Rancor geradewegs in Richtung des Great Canyon. Sie war eine gute Reiterin, daß wußte sie. Sie mußte zugeben, daß es ein angenehmes Gefühl war, Master Skywalker demonstrieren zu können, daß auch sie ihre besonderen Qualitäten hatte.

Eine leichte Brise kam auf und brachte die Blätter der Büsche ringsum zum Rascheln, so daß Tenel Ka, als Luke sich vorbeugte, um ihr etwas ins Ohr zu flüstern, ihn anfangs kaum verstand. »Ich mußte einmal ein Rancor töten«, sagte er. »Es war eine Schande – es sind so schöne Tiere.«

»Trotzdem«, erwiderte Tenel Ka, »für Leute, die sie nicht mögen, sind sie gefährlich.«

Luke schwieg eine Zeitlang. »Ich habe viele Schlachten ausgefochten«, sagte er schließlich und räusperte sich, »und ja, ich mußte töten. Aber ich habe von der hellen Seite der Macht gelernt, daß es besser ist, all meine Kraft dafür einzusetzen, um ... um eine solche Situation *abzuwenden* ...«

»Aber eine Schwester der Nacht«, unterbrach Tenel Ka, »oder sonst jemand, der der dunklen Seite verfallen ist, würde doch auch nicht zögern, *Sie* zu töten.«

»Genau!« Lukes leiser Ausruf überraschte sie. »Allmählich verstehst du mich«, sagte er. »Wer die helle Seite nutzt, glaubt nicht an dieselben Dinge wie derjenige, der der dunklen Seite anhängt. Aber wir können diese Unterschiede nur deutlich machen, indem wir unseren Überzeugungen entsprechend handeln. Andererseits ... so sehr unterscheiden wir uns am Ende doch nicht voneinander.«

»Ja, verstehe«, sagte Tenel Ka. »So wie *ich* mich bemühe, anders zu sein als meine Großmutter auf Hapes ...« Ihre Stimme wurde leiser. »Ja, jetzt verstehe ich Sie.«

Trotz der Dunkelheit kletterte ihr Rancor mit sicherem Tritt den steilen Weg auf den Grund des Great Canyon hinab. Während ihres Abstiegs erblickten sie eine Ansammlung von mehr als einem Dutzend Lagerfeuern und wußten, daß sie die Kolonie der Schwestern der Nacht gefunden hatten.

Als sie schließlich den Fuß des Canyons erreichten, waren sowohl Luke wie Tenel Ka müde, verspannt und ausgelaugt. Die Luft war kalt, ein dünner Nebel schwebte knapp über dem Boden, und sie waren beide froh über die warmen Mäntel, die Augwynne ihnen während ihrer überstürzten Vorbereitungen für die Reise umgelegt hatte. Sie hatte beiden einen Satz Kleidung zum Wechseln mitgegeben, die zu der Geschichte paßte, die sie erzählen wollten, außerdem einen Beutel Proviant. Dann hatte sie Tenel Ka fest umarmt. »Tochter der Tochter meiner Tochter«, hatte sie gesagt. »Paß auf dich auf. Die Gedanken des Singing Mountain Clan werden dich begleiten.« Zu Luke gewandt fügte sie hinzu: »Und möge die Macht mit Ihnen sein.«

Augwynne war einen Schritt zurückgetreten und hatte das Wort nochmals an Tenel Ka gerichtet. »Ich bin stolz darauf, was du für deine Freunde tust. Du bist eine wahre Kriegerin unserer Sippe. Vergiß nicht das heiligste Gebot aus dem Buch der Gesetze: ›Ergebe dich niemals dem Bösen.‹«

Nun, da sie sich diesem Bösen näherten, schauderte Tenel

Ka und raffte ihren Mantel enger. Sie fragte sich, ob sie Lowbacca, Jacen und Jaina im Lager der Schwestern der Nacht finden würden oder ob es nur eine Zwischenstation auf ihrer Suche sein würde. Konnte es sein, daß die Schwestern der Nacht sie im Umgang mit der dunklen Seite der Macht ausbildeten? Tenel Ka ließ ihre Augen zufallen und streckte ihre mentalen Fühler aus, konnte aber keine Spur ihrer Freunde ertasten.

Als wüßte er um die Richtung, die ihre Gedanken nahmen, beugte Luke sich wieder vor. »Wenn wir sie hier nicht finden, wird die Macht uns leiten. Wir sind nah dran ... ich kann es fühlen.«

Ein klagender Schrei gellte von den Felsen über ihnen. Tenel Ka schreckte hoch. »Ein Späher, der Alarm schlägt«, sagte sie und war beunruhigt, daß er sie in einem unaufmerksamen Moment erwischt hatte.

»Gut«, erwiderte Luke. »Dann wissen sie wenigstens, daß wir hier sind.«

Tenel Ka zögerte einen Augenblick und hatte Zweifel, ob es ratsam war weiterzureiten, doch dann trieb sie das junge Rancor energisch voran. Sie blickte zum Himmel empor, der sich zum Grau des dämmernden Morgens aufgehellt hatte und sie wieder einmal daran erinnerte, wieviel Zeit seit der Entführung ihrer Freunde vergangen war.

Hinter der nächsten Biegung des Pfades kam das Rancor abrupt zum Stehen. Tenel Ka schaute nach vorn und bemerkte, daß ihnen der Weg von drei ausgewachsenen Rancors verstellt wurde, von denen jedes einen Reiter trug, ähnlich gekleidet wie Vonnda Ra und Vilas am Abend zuvor.

Der Druck von Lukes Hand an ihrer Hüfte war eine unmißverständliche Warnung, doch sie wußte schon Bescheid. Selbst in dem Halbdunkel konnte sie erkennen, daß jeder der Reiter einen imperialen Blaster auf sie richtete.

Tenel Ka war zur Herrscherin erzogen worden, und obwohl

sie von ihrer Autorität selten Gebrauch machte, ging sie ihr wie selbstverständlich von der Hand. Sie richtete sich im Sattel auf und hob einen Arm. »Schwestern und Brüder des Great Canyon Clan«, rief sie. »Eure Botschaft ist bis zur Heimat des Misty Falls Clan durchgedrungen, und wir sind hergereist, um uns euch anzuschließen. Wir sind nicht ohne Talent im Umgang mit der Macht, und wir möchten eure Techniken lernen, um über die ganze Macht zu verfügen und stark zu werden.«

Nachdem sie die Rancors an der gutbefestigten Palisade zurückgelassen hatten, folgten Tenel Ka und Luke den Wachen zum Mittelpunkt des Lagers. Sie war überrascht, zwei imperiale AT-ST-Scoutläufer, scheppernd wie mechanische Vögel, unweit des Rancor-Pferchs auf Wache die Umzäunung entlangstaksen zu sehen.

Während sie zwischen den lebhaft bunten, aus wasserfesten Eidechsenhäuten gefertigten Zelten hindurchgingen, bemerkte Tenel Ka gut zehn Frauen und mindestens ebenso viele Männer, die in unheimlichem Schweigen, als ob der warme Bodennebel, der zu ihren Knien emporstieg, alle Geräusche dämpfte, ihren morgendlichen Geschäften nachgingen. Sie sah im ganzen Lager kein einziges Kind, hörte keine Säuglinge weinen, keine jungen Menschen spielen. Es schienen überhaupt nur sehr wenige, die dem Great Canyon Clan angehörten, auch nur annähernd so jung zu sein wie sie selbst.

Obwohl sie gewußt hatte, was auf sie zukam, erstaunte es Tenel Ka, daß Männer hier ebenso ungehindert umhergingen wie Frauen und offenbar niemandem als Sklaven dienten. Sie fragte sich, ob es auf Dathomir tatsächlich möglich war, daß diese Männer und Frauen einander als gleichrangig betrachteten.

Im Zentrum des Lagers erreichten sie schließlich einen riesigen, zusammengezimmerten Pavillon, der wie eine aus Fellen und Eidechsenhäuten zusammengenähte Barbareninsel im Nebel schwebte, das Hauptzelt des Clans. Es wurde in der Mitte und an den Ecken von Speeren hochgehalten, drei Meter lang und so dick wie Tenel Kas Handgelenke.

Eine der Schwestern der Nacht lupfte einen Zelteingang und winkte sie hinein. Sie traten ein, doch die Schwester folgte ihnen nicht. Der Zelteingang fiel hinter ihnen zu und sperrte den geisterhaften Nebel und das Morgenlicht aus. Tenel Ka wartete, bis sich ihre Augen an die Dunkelheit gewöhnt hatten, und sah sich dann nach ihren Freunden um; sie fand noch immer keine Spur von ihnen, aber die leichte Berührung von Master Skywalkers Hand an ihrem Arm beruhigte sie.

In der Mitte des Zelts lohte ein kleiner Lichtpunkt unvermittelt zu einer hellen Flamme auf, und Tenel Ka bemerkte, daß sie in einer Öllampe brannte, die aus dem umgedrehten Schädel einer Bergeidechse gefertigt war. Neben der Lampe, auf einer breiten Plattform, die mit Fellen und Kissen, gefertigt aus den Häuten der verschiedenartigsten Wildtiere, bedeckt war, hatte es sich eine imposante Frau in einem massigen Stuhl bequem gemacht, der aus einem ausgepolsterten Rancorkopf bestand. Die Frau forderte sie mit einem Wink auf, in den flackernden Lichtkreis zu treten.

Ohne mit einer Begrüßung unnötig Zeit zu verschwenden, kam Vonnda Ra gleich zur Sache: »Weshalb seid ihr hier?«

Tenel Ka, die die dunkelhaarige Frau sofort erkannt hatte, antwortete: »Ich bin hier, um mich den Schwestern der Nacht anzuschließen, und ich habe meinen Sklaven mitgebracht.«

»Was hast du uns zu bieten?« Vonnda Ra schien interessiert, wenngleich nicht sonderlich beeindruckt. »Es kommen viele her, die zu uns gehören wollen, aber sie sind schwach. Frauen interessieren sich für uns, weil sie nur über bescheidene Talente verfügen, die in ihrer Sippe bedeutungslos sind; Männer, weil sie nie Macht hatten und unsere Lehre ihnen Freiheit verspricht – aber meist haben sie noch weniger anzubieten als die Frauen. Wie sieht es mit dir aus?«

Vonnda Ra streckte eine Hand aus und deutete auf den Eidechsenschädel mit dem brennenden Öl. »Kannst du das?« Die Lampe schwebte geradewegs zum Scheitelpunkt des Zelts hinauf und warf einen immer breiter und schwächer werdenden Lichtkreis, bevor sie neben Vonnda Ra auf die Plattform niedersank.

Tenel Ka nickte. »Ich habe schon eine gewisse Ausbildung genossen.« Sie verzichtete auf jegliche theatralische Gesten oder Worte, schloß halb die Augen, um sich zu konzentrieren, und packte die Lampe mit Gedankenkraft. Sie hatte nie Spaß daran gehabt, mit ihrer Beherrschung der Macht zu protzen, und setzte sie nur ein, wenn es unbedingt notwendig war, aber bei dieser Vorstellung ging es um mehr als nur um sie. Sie würde Jacen, Jaina und Lowbacca möglicherweise nie wiedersehen, wenn es ihr nicht gelang, diese Schwester der Nacht von ihrem wahren Potential zu überzeugen.

Sie holte tief Luft und atmete wieder aus. Lautlos löste sich die Lampe von der Plattform und schwebte hoch über ihren Köpfen in der Luft. Tenel Ka konzentrierte sich auf die Flamme, schürte sie mit Gedankenkraft und ließ sie immer heller scheinen, bis ihr warmes Licht auch die dunkelste Ecke des Pavillons erhellte. Dann ließ sie die Lampe von Ecke zu Ecke die Wände des Zeltes entlangschweben; sie beendete die Runde so schnell, daß sie Vonnda Ra vor Verblüffung keuchen hörte. Durch ihre halbgeschlossenen Augen sah Tenel Ka, wie die dunkelhaarige Frau eine Hand ausstreckte und die Handfläche nach oben drehte, als wollte sie eine Frage stellen.

Tenel Ka ließ die Lampe einen weiteren, diesmal kleineren Kreis fliegen und dann einige immer enger werdende Runden um den zentralen Pfosten drehen, bis sie schließlich, immer noch hell brennend, in einer ungefähren Spirale um den Pfosten abwärts rotierte – all das binnen weniger Sekunden. Schließlich setzte Tenel Ka die rotierende Lampe sanft auf Vonnda Ras ausgestreckter Hand auf.

Die Schwester der Nacht gab ein heiteres Kichern von sich. »Du bist hier willkommen, Schwester«, sagte sie. »Wie ist dein Name?«

Tenel Ka warf den Kopf in den Nacken. »Mein Name – *unsere Namen* – haben keine Bedeutung mehr für uns. Wir haben sie abgelegt, als wir unsere Sippe verließen.«

»Komm her«, befahl Vonnda Ra. Als Tenel Ka näher trat, stand die Schwester der Nacht auf, legte dem jungen Mädchen die Finger unters Kinn und sah ihr tief in die Augen. »Ja«, sagte sie mit einem zufriedenen Nicken. »Du hast viel Zorn in dir. Bist du bereit, von hier fortzugehen? In eine Schule unter den Sternen?«

Tenel Kas Herz machte einen Sprung. Vielleicht war *das* der Ort, wohin man Jacen, Jaina und Lowbacca entführt hatte. »Wo immer eure besten Lehrer sind, dorthin möchte auch ich«, erwiderte sie.

»Aber du mußt deinen Sklaven zurücklassen. Wir haben wenig Verwendung für ihn«, sagte Vonnda Ra.

»Nein!«

Vonnda Ra seufzte. »Was ist, wenn ich dir sage, daß Männer selten über ein großes Talent verfügen und daß wir noch nie einen in diesem Alter ausgebildet haben? Er würde dich nur von deinen eigenen Studien ablenken. Es gibt wenig Hoffnung für ihn. Wenn du dies alles berücksichtigst, was würdest du dann sagen?«

»Dann würde ich sagen ...« erwiderte Tenel Ka und sah Vonnda Ra mit dem kühlsten Blick an, dessen sie fähig war, »daß Sie eine Idiotin sind.«

Vonnda Ra riß fassungslos die Augen auf, aber Tenel Ka ließ

sich nicht aufhalten. »Dieser Mann hat den Umgang mit der Macht schon studiert und geübt, als ich noch nicht auf der Welt war. Nicht viele – *nicht viele, die noch am Leben sind* – haben sich einen Eindruck von seinen Fähigkeiten machen können. Ich dagegen schon.«

Vonnda Ra richtete ihren skeptischen Blick abrupt auf Luke. »Wenn du das da hochheben kannst«, sagte sie und zeigte auf ihre Echsenkopflampe, »und dieses Zelt so hell beleuchtest wie sie«, sie nickte in Richtung Tenel Ka, »dann darfst du sie begleiten.«

Die Schwester der Nacht sah Luke an, dann schaute sie auf die Lampe. Als sie sich nicht rührte, umspielte ein verächtliches Grinsen ihre Mundwinkel. Dann erhob sich etwas Großes und Dunkles zwischen ihnen in die Luft und verstellte ihr die Sicht. Die Flamme der Öllampe erstrahlte, und der massige Rancorkopf grinste sie an. In seinen leeren Augenhöhlen glühte reflektiertes Licht. Dann schwebte der Kopf der Decke entgegen und schoß wie ein Shuttle die Zeltwände entlang.

Tenel Ka sah Master Skywalker mit über der Brust verschränkten Armen dastehen, ein Knie in einer offenbar entspannten Haltung gebeugt, den Kopf zur Seite geneigt und ein Lächeln für Vonnda Ra auf den Lippen, während er den Rancorkopf durch den Pavillon sausen ließ.

»Da Sie darum gebeten haben«, sagte er, »werde ich für Licht sorgen.« Plötzlich raste der ausgestopfte Rancorkopf in einer verwaschenen Bewegung mit der Geschwindigkeit eines Blastergeschosses aufwärts. Er verschwand durch die Decke des Zeltes und ließ ein klaffendes Loch zurück, durch das die Morgensonne hereinschien.

Vonnda Ra wirkte mehr als nur ein wenig nervös, als sie vortrat und Lukes Kinn in die Hände nahm. Über eine Minute starrte sie ihm unbewegt in die Augen. »Ja«, zischte sie schließlich. »Ja, du verstehst die dunkle Seite.«

Beinahe ehrfürchtig löste sie sich von ihm und starrte den klaffenden Riß in der Decke ihres Zeltes an, ehe sie ihre Blicke wieder auf Luke und Tenel Ka richtete. »Wir erwarten morgen bei Tagesanbruch ein imperiales Versorgungsschiff«, sagte sie. »Wenn es den Planeten verläßt, werdet ihr zwei an Bord sein.«

18

Jacen, Jaina und Lowbacca waren zunächst freudig überrascht, als sie erfuhren, daß sie ihre nächste Übungsstunde gemeinsam absolvieren sollten – aber Brakiss' und Tamith Kais grimmige Mienen dämpften ihre Freude bald. Offensichtlich, überlegte Jacen, hatten die beiden Ausbilder der Schatten-Akademie etwas Schwieriges und Gefährliches im Sinn.

»Da ihr in eurer Ausbildung Fortschritte machen müßt«, erklärte Brakiss und trat schwungvoll vor, um seinen Worten bildhaften Nachdruck zu verleihen, »haben wir uns Übungen ausgedacht, die euch Schritt für Schritt vor größere Herausforderungen stellen.«

Lowie grunzte vor Widerwillen.

»Um die folgende Prüfung zu bestehen, müßt ihr drei *zusammenarbeiten*. Jeder Rekrut muß lernen, sich einer Gruppe unterzuordnen, um ein gemeinsames Ziel zu erreichen. Es wird Situationen geben, in denen wir als homogene Einheit agieren müssen, um dem Zweiten Imperium angemessen zu dienen.«

»Oh, ja«, plapperte MTD an Lowies Hüfte, »dem Imperium angemessen dienen, ganz genau.«

Lowie knurrte dem Übersetzer-Droiden etwas zu.

»Sie brauchen nicht in diesem Ton mit mir zu reden! Ich unterstreiche lediglich die Punkte, die Sie sich klarmachen sollten«, erwiderte der neuprogrammierte MTD verstimmt.

Die drei Gefährten wurden diesmal in einen anderen Raum geführt, kleiner und beengt, mit zahlreichen runden Luken in den Wänden ringsum.

Tamith Kai trat an ein Kontrollpult in einer Ecke und tippte mit ihren langnageligen Fingern eine Reihe von Kommandos ein. Vier der metallischen Luken glitten auf, und kugelförmige Sonden schwebten auf Repulsorfeldern herein.

Die Sonden waren mit winzigen Lasern gespickt. Sie erinnerten Jacen an die Abwehrsatelliten, die die imperialen Blasterboote nicht davon hatten abhalten können, die Gemmentaucher-Station zu überfallen. Er fühlte sich unbehaglich und rätselte, ob die schwebenden Drohnen auf sie feuern würden.

»Diese Sonden dienen eurem Schutz«, sagte Tamith Kai. »Das heißt, wenn der Wookiee sie richtig steuern kann.«

Lowie brummte eine Frage. »Oh, haben Sie doch Geduld, Lowbacca«, sagte MTD. »Ich bin mir sicher, sie wird Ihnen zur rechten Zeit alles erklären. Das kann sie sehr gut, wissen Sie.«

Brakiss deutete auf die übrigen Luken an der Wand. »Diese Luken werden sich in zufälliger Reihenfolge öffnen«, erklärte sie, »und Gegenstände auf euch schleudern.«

Brakiss griff in die Falten seines silbrigen Umhangs und zog ein Paar polierter Holzstäbe hervor, die ungefähr so lang wie Jacens Arm waren. Er reichte sie den Zwillingen.

»Das sind eure einzigen Waffen: diese Stäbe – und die Macht. Wenn die Macht auf eurer Seite ist, habt ihr eine mächtige Waffe.«

»Das wissen wir schon«, schnauzte Jaina.

»Gut«, sagte Brakiss, der noch immer dieses unnahbar ruhige Lächeln auf den Lippen hatte. »Dann werdet ihr wohl auch nichts gegen die anderen Einschränkungen haben, die wir euch auferlegen.« Aus dem Ärmel zog er zwei lange Stoffstreifen hervor. »Ihr bekommt die Augen verbunden. Ihr müßt die Macht benutzen, um die herauskatapultierten Gegenstände auszumachen.«

Jacen bekam es mit der Angst zu tun.

»Wenn die Gegenstände auf euch zufliegen, müßt ihr sie entweder mit Hilfe der Macht zur Seite ablenken oder mit diesen Holzstöcken treffen.« Er zuckte die Achseln. »Das ist alles. Ein ganz einfaches Spielchen.«

Tamith Kai fuhr mit der Erklärung fort. »Der Wookiee wird in einem Überwachungsraum sitzen und euch so gut wie möglich beschützen. Er wird die volle Kontrolle über den Computer haben, der diese vier Sonden steuert. Ihre Laser sind stark genug, um jedes Projektil zu desintegrieren. Andererseits – wenn euer Freund nicht richtig zielt, könnte er euch natürlich ernsthaft verletzen.«

»So ...« Brakiss rieb sich die Hände, einen Ausdruck der Vorfreude in seinem schönen Gesicht. »Noch mal zum Mitschreiben: Ihr habt eure Waffen, und der Wookiee sitzt am Steuercomputer. Ihr drei müßt zusammenarbeiten, wenn ihr überleben wollt.«

Jacen schluckte nervös. Jaina hob das Kinn und sah die beiden Lehrer finster an. Lowie sträubte sich das Fell, und er verschränkte immer wieder die haarigen Pranken.

»Auf eines möchte ich euch noch hinweisen«, sagte Tamith Kai mit voller, mächtiger Stimme. »Es werden *keine* Hologramme sein. Es sind echte Projektile, und wenn euch eines trifft, werdet ihr echte Schmerzen haben.«

»Welcher Art sind diese Gegenstände denn nun eigentlich?« fragte Jacen. »Womit werden Sie uns bombardieren?«

»Dieser Test durchläuft drei Stufen«, erklärte Brakiss. »In der ersten Phase schleudern wir harte Kugeln auf euch. Das könnte etwas unangenehm werden, aber das Schlimmste, was ihr euch einhandeln könnt, sind ein paar blaue Flecken. In der zweiten Runde erhöhen wir das Tempo und werfen Felsbrocken, die Knochen brechen und schwere Verletzungen verursachen können.«

Auf Tamith Kais tiefrote Lippen trat ein breites Lächeln, als ginge ihr ein verführerischer Gedanke durch den Kopf. »In der dritten Runde sind es dann *Messer*.«

Jaina schnappte nach Luft.

»Freut mich, daß Sie solches Vertrauen in unsere Fähigkeiten haben«, brummte Jacen.

»Ich wäre schwer enttäuscht, wenn ihr es nicht überlebt«, sagte Brakiss mit ernster Miene.

»Na, und ich erst«, sagte Jacen.

»Ich glaube, er würde schneller darüber hinwegkommen als wir«, fügte Jaina mit gedämpfter Stimme hinzu.

Jacen verlagerte sein Gewicht und zuckte zusammen, als er auf die harte Corusca-Gemme in seinem Stiefel trat. Er hatte sie dort versteckt gehalten, weil er nicht wußte, was er sonst damit anfangen sollte – aber das letzte, was er im Moment gebrauchen konnte, war der Druck des scharfkantigen Edelsteins gegen seine Ferse. Er wackelte mit dem Fuß, bis die Gemme bequem am Rande steckenblieb.

Brakiss verband Jacen die Augen, und alles wurde schwarz. »Der Wookiee wird sein Möglichstes tun, um euch zu beschützen.«

Jacen packte den harten Stab mit beiden Händen und überlegte, ob er dem Dunklen Jedi-Lehrer einen ordentlichen Hieb auf die Kniescheiben verpassen und anschließend behaupten sollte, die Augenbinde habe ihn verwirrt und es sei nur ein Unfall gewesen. Aber er kam zu dem Schluß, daß eine solche Maßnahme ihnen nur weiteren Ärger einbringen würde und daß sie ihre Energie für wichtigere Dinge brauchten.

»Viel Glück«, säuselte ein unsichtbarer Brakiss nah an seinem Ohr.

Jacen erwiderte nichts, und er hörte Tamith Kai kichern, als sie Lowie aus der Kammer führten. Der Wookiee stöhnte, aber MTDs dünne Stimme quasselte dazwischen. »Was soll denn das Gejammer, Lowbacca? Sie müssen lernen, tapfer und entschlossen zu sein. Nehmen Sie sich ein Beispiel an mir.«

Jacen, der mit nichts als einem Stab in der Hand in völliger Finsternis dastand, hörte die Türen hinter sich zuzischen. »Bist du bereit, Jaina?« fragte er.

»Was soll diese Frage?« gab sie zurück.

Der Raum um sie blieb still. Jacen konnte seinen Atem hören und das hämmernde Pochen seines Herzens. Er spürte Jaina an seiner Seite, hörte das Rascheln ihrer Kleidung, wenn sie sich bewegte.

»Vielleicht sollten wir besser Rücken an Rücken kämpfen«, schlug sie vor, »und uns gegenseitig soviel Deckung wie möglich geben.«

Sie drückten die Schultern aneinander, lauschten und warteten. Bald hörten sie das Summen einer Maschinerie, ein leises, mahlendes Geräusch, als ob eine der metallischen Luken aufglitt. Jacen tastete mit der Macht um sich, um durch die Augenbinde hindurch zu erspüren, aus welcher Richtung die Projektile kamen.

Dann, mit einem plötzlichen *Plopp* komprimierter Luft, schoß eines der Objekte wie eine Kanonenkugel auf sie zu. Jacen nutzte all seine Sinne, als er herumwirbelte und den Stock wie ein Schlagholz schwang. Er versuchte die Kugel aus dem Weg zu dreschen, doch sie traf ihn an der Schulter. Es war ein heftiger Schmerz.

»Au!« kreischte er. Dann wurde eine zweite Kugel in den Raum katapultiert. Er hörte ein Zischen, als die Sonden feuerten, doch dann schrie hinter ihm auch Jaina auf – weniger vor Schmerzen als vor Schreck.

Er versuchte mit seinem inneren Auge auszumachen, von

wo das nächste Projektil abgefeuert wurde. Die Geräusche folgten jetzt rascher aufeinander. Er hörte eine weitere Luke aufzischen, und die nächste harte Kugel sauste auf ihn zu. Er schwang den Holzstab und traf sie diesmal mit der Kante. Er empfand ein Gefühl des Triumphes, doch ihm wurde bald klar, daß er die Kugel mehr aus reinem Glück denn mit Hilfe der Macht erwischt hatte.

Noch eine Luke zischte, dann eine weitere Kugel und noch eine, diesmal aus der anderen Richtung. Von Lowie gesteuert, feuerten die Sonden kleine Salven auf die fliegenden Kugeln ab. Jacen hörte einen Aufprall und vermutete, Lowie habe vielleicht eines der Geschosse getroffen. Er hoffte, der schlaksige Wookiee würde gut zielen.

Brakiss hatte ihnen erklärt, daß sie eine stärkere Kontrolle über die Macht gewinnen konnten, indem sie ihren Zorn schürten; als eine weitere Kugel Jacen in die Rippen traf, ließ der schmerzhafte Aufprall in ihm den Wunsch aufkeimen, sich auf der Stelle dafür zu rächen. Doch Jacen vergaß auch die Lektionen seines Onkels Luke nicht: Ein Jedi beherrscht die Macht am besten, wenn er ruhig und passiv ist, wenn er sich von ihr *durchströmen* läßt, statt sie zu seinen eigenen Zwecken zu verbiegen.

Jacen hörte ein lautes Krachen von Holz, als seine Schwester eine der harten Kugeln traf. »Verdammter Mist!« schrie sie.

Als er seinen Geist öffnete, sah Jacen durch die Schwärze der Augenbinde einen kleinen, hellen Punkt; es war weniger ein Sehen – er *wußte* einfach, daß die nächste Kugel aus dieser Richtung kommen würde. Er benutzte die Macht, um das Geschoß abzulenken. Die Kugel bog ab und knallte gegen die Wand. Dann sah er den nächsten hellen Fleck, dann noch einen und noch einen, während in immer schnellerer Folge Projektile auf sie abgefeuert wurden.

Er ließ die Macht durch sich hindurchströmen. Er schwang den Holzstock und versuchte mit den fliegenden Kugeln Schritt zu halten. Er spürte, daß auch Jaina inzwischen besser zurechtkam und daß die Laserblitze aus Lowies Sonden ihre Ziele offenbar häufiger trafen. Aber angesichts der Anzahl der Geschosse konnte Lowie unmöglich alle eliminieren.

Etwas Hartes und Rauhes traf Jacens rechten Ellbogen, und eine Welle brennenden Schmerzes verschlug ihm den Atem. Sein Arm wurde taub, und Jacen nahm den Stock in die linke Hand, während ihm klarwurde, daß der Test in seine zweite Phase eingetreten war – in der sie mit scharfkantigen Steinen bombardiert wurden.

In dem Überwachungsraum arbeitete Lowbacca wie besessen an den Kontrollen seines Computers, mit denen er die vier Abwehrdrohnen steuerte. Er feuerte mit ihren Lasern und verdampfte einige der Projektile. Aber dann wurden sie in immer kürzeren Intervallen abgeschossen, und Lowie wußte, daß er sich keine Fehlschüsse erlauben konnte – denn wenn er einen der Zwillinge mit einem Laser traf, würde er mindestens so viel Schaden anrichten wie einer der Steine.

Er verfehlte wieder einen, und ein Felsbrocken erwischte Jaina an der Hüfte. Er sah, wie sie ihr Gesicht unter der Augenbinde in einem Anflug heftiger Schmerzen verzog. Jainas Knie gaben nach, und sie ging fast zu Boden; doch irgendwie gelang es ihr, das Gleichgewicht zu halten; reflexartig riß sie den Stock hoch, um einen weiteren Stein abzuwehren, der geradewegs auf ihren Kopf zuflog.

Weitere scharfkantige Steine prasselten auf die Zwillinge ein, abgefeuert mit tödlicher Geschwindigkeit. Lowie begann mit allen Sonden gleichzeitig zu schießen – zielen, feuern, zielen, feuern. Er hatte bereits eine der Luken zugeschmolzen, so daß von dort keine Steine mehr abgefeuert werden konnten.

Doch trotz größter Anstrengungen verfehlte er noch einmal, und diesmal traf ein Felsbrocken Jacen in die Seite.

Die Zwillinge waren jetzt beide verletzt. Taumelnd und mit Schrammen übersät versuchten sie, so gut wie möglich weiterzukämpfen. Lowie grunzte eine leise Entschuldigung und hantierte weiter an den Bedienungselementen des Computers.

MTD sprach mit einer scharfen, nervigen Stimme. »Muß ich Sie noch darauf aufmerksam machen, Lowbacca, daß das Imperium ziemlich enttäuscht sein wird, wenn Sie in diesem Test nicht Ihr Bestes geben?«

Lowie verschwendete keine Energie darauf, den Übersetzer-Droiden zum Schweigen aufzufordern. Er bediente die komplizierten Instrumente, rief Programme ab, stellte Parameter nach, tippte mit der linken Hand Instruktionen ein, steuerte die Sonden mit der Rechten und warf alles in die Waagschale, was er über Computer wußte. Lowie faßte einen verzweifelten Plan – doch sein Vorhaben beanspruchte einen Teil seiner Aufmerksamkeit. In dem Augenblick, als er abgelenkt war, prasselten immer mehr harte Felsbrocken auf die Jedi-Zwillinge ein. Aber Lowie hatte keine andere Wahl, wenn er seinen Plan in die Tat umsetzen wollte.

Er spürte, daß die Lehrer der Schatten-Akademie, um ihre Macht zu demonstrieren, durchaus in Kauf nahmen, ihren Studenten schwere Verletzungen zuzufügen. Solange ihnen die stärksten Rekruten blieben, machte es ihnen nichts aus, wenn bei den Übungen tatsächlich einmal jemand umkam. Lowies einzige Hoffnung bestand darin, alles zum Zusammenbruch zu bringen.

Er blickte auf, schüttelte sich eine zimtfarbene Fellsträhne aus den Augen, während weiter Steine abgefeuert wurden.

Jacen war inzwischen auf die Knie gesackt und schwang benommen mit einer Hand den Stock. Sein rechter Arm hing schlaff herunter. Lowie stellte zerknirscht fest, daß seine beiden Freunde schon ziemlich mitgenommen aussahen – dennoch wurden weiter gnadenlos Steine auf sie abgefeuert.

Nach einer kurzen Unterbrechung trat eine weitere Veränderung ein – anstelle der Steine flogen nun lange Messer aus den Öffnungen.

Lowie arbeitete weiter, kämpfte gewaltsam die aufsteigende Panik nieder und zwang seine Konzentration auf den Computer. Es war seine einzige Hoffnung. Jacens und Jainas einzige Hoffnung.

Die Zwillinge setzten die Macht ein, um die fliegenden Messer an die Wände abzulenken, wo sie lange weiße Kratzer auf dem Metall hinterließen. Noch ein Messer wurde losgeschleudert. Und noch eins.

Während er krampfhaft neue Kommandos in das Steuerterminal eintippte, schaltete Lowie die schwebenden Sonden aus. Er mußte alles auf eine Karte setzen. Es war ihre letzte Chance.

»Master Lowbacca«, schimpfte MTD, »was denken Sie sich dabei ...«

Lowie tippte eine Befehlsfolge ein, von der er hoffte, daß sie alle anderen informationsverarbeitenden Sequenzen umgehen würde, und führte sie aus.

Fünf Luken öffneten sich gleichzeitig, jede bereit, eine tödliche Klinge abzufeuern ...

Plötzlich fiel der gesamte Trainingsraum aus. Das Licht flackerte. Die Luken schepperten zu. Alles wurde dunkel.

Mit einem schweren Grunzen der Erleichterung ließ Lowie sich in seinen Stuhl zurückplumpsen und fuhr sich mit einer breiten Hand über die schwarze Fellsträhne oberhalb seiner linken Augenbraue. Im letzten Moment war es ihm gelungen, das mörderische Testprogramm zum Absturz zu bringen.

»Oh, Lowbacca!« winselte MTD. »Das kann doch nicht wahr sein, Sie haben ja alles ruiniert! Haben Sie eine Ahnung, was für eine Arbeit das sein wird, dieses ganze Chaos wieder zu reparieren?«

Lowie grinste, zeigte seine Fangzähne und schnurrte zufrieden.

Brakiss und Tamith Kai stürzten in den Überwachungsraum. Die Schwester der Nacht, deren schwarzer Mantel sich hinter ihr wie eine Sturmwolke bauschte, war außer sich. Aus ihren violetten Augen schienen Lichtblitze zu schießen. »Was hast du angestellt?« keifte sie.

Brakiss hob die Augenbrauen und hatte einen Ausdruck stolzer Belustigung im Gesicht. »Der Wookiee hat genau das getan, was ich ihm gesagt habe«, erklärte er. »Er hat seine beiden Freunde verteidigt. Wir haben ihm nicht gesagt, daß er sich dabei an unsere Spielregeln halten müsse. Er scheint seine Aufgabe auf bewundernswerte Art bewältigt zu haben.«

Ein säuerlicher Ausdruck trat auf Tamith Kais weinrote Lippen. »Billigen Sie das etwa, Brakiss?« fragte sie.

»Es beweist Initiative«, sagte er. »Innovative Lösungen zu finden ist eine wichtige Fähigkeit. Unser Lowbacca wird einmal ein guter Verteidiger des Imperiums sein.«

Lowie brüllte entrüstet auf.

»Oh, Lowbacca, ich bin ja so stolz auf Sie!« flötete MTD.

Sturmtruppler holten Jacen und Jaina, die sich erschöpft und verletzt dahinschleppten, aus der Kammer. Ihre Kleider waren zerschunden und zerrissen. Schrammen und blaue Flecken bedeckten ihre Gesichter, Arme und Beine. Blut tropfte aus Dutzenden kleiner Wunden, und die Zwillinge blinzelten mit ihren brandyfarbenen Augen im grellen Licht des Überwachungsraums.

Brakiss lobte sie beide für ihren Einsatz. »Ihr habt euch tapfer geschlagen«, sagte er. »Ihr jungen Jedi-Ritter beeindruckt mich immer mehr. Master Skywalker hat offensichtlich ein gutes Händchen bei der Auswahl seiner Kandidaten.«

»Bessere Kandidaten, als S*ie* jemals kriegen werden«, sagte Jaina, die trotz ihrer Verletzungen die Kraft fand, ihm zu trotzen.

»Allerdings«, pflichtete er ihr bei. »Deshalb haben wir beschlossen, einige seiner aussichtsreichsten Studenten ... nun, sagen wir einmal ... abzuwerben. Ihr drei seid nur der Anfang. Ihr habt ein solches Potential bewiesen, daß wir nun bereit sind, eine weitere Gruppe von Yavin 4 zu entführen. Von dort werden wir uns alle Studenten beschaffen, die wir brauchen.«

Lowie knurrte. Jacen und Jaina sahen einander bestürzt an, dann kreuzten sich ihre Blicke mit denen ihres Wookiee-Freundes. Auch ohne die Hilfe der Macht wußten die drei Gefährten, daß sie in diesem Moment alle dasselbe dachten.

Sie mußten etwas unternehmen – und zwar bald.

19

Tenel Ka benutzte eine Jedi-Entspannungstechnik und hoffte, ihre Nervosität unterdrücken zu können, bevor Vonnda Ra sie bemerkte. Sie und Master Luke standen wartend neben dem plattgewalzten Schuttstreifen, den die Schwestern der Nacht als Landebahn benutzten. Äußerlich machte der Jedi-Meister einen gelassenen Eindruck, doch Tenel Ka konnte deutlich eine gewisse Neugier und Aufregung spüren, die von ihm ausstrahlte, als bräche er zu einem großen Abenteuer auf.

»Dort«, sagte Vonnda Ra und wies mit dem Arm zum Horizont, wo ein silbriges Glimmern aufflackerte. Als Tenel Ka hinschaute, wurde der stromlinienförmige Umriß rasch größer.

»Ihr könnt euch glücklich schätzen«, sagte Vilas und trat an ihre Seite. Vonnda Ra warf ihm einen fragenden Blick zu, und er zuckte die Achseln. »Ich spüre *ihre* Gegenwart. Ich mußte einfach herkommen, um sie zu begrüßen.« Er deutete auf das näher kommende Shuttle. »Eine unserer fähigsten jungen Schwestern, Garowyn persönlich, wird euch zu eurer neuen Ausbildungsstätte begleiten.«

Tenel Ka vermutete, daß Garowyn auch von Dathomir stammte, weil der Name hier recht verbreitet war. Also noch eine Schwester der Nacht. *Wie konnten nur in so kurzer Zeit so viele Schwestern der Nacht zusammenfinden?* fragte sie sich. Es war nicht einmal zwei Jahrzehnte her, seit Luke und ihre Eltern die alten Schwestern der Nacht ausgerottet hatten, doch wieder war hier eine rasch wachsende Enklave von Männern und Frauen entstanden, die zur dunklen Seite der Macht verführt und von ihrem Versprechen absoluter Macht angelockt worden waren. Das Imperium war auch hier aktiv geworden und hatte neue Verbündete gefunden.

Tenel Ka biß die Zähne aufeinander. War ihr Volk wirklich so schwach? Oder war die Versuchung großer Macht, einmal gekostet, wirklich zu stark, um ihr zu widerstehen? Sie erneuerte ihren Entschluß: Sie würde die Macht *erst dann* einsetzen, wenn ihre physischen Kräfte nicht mehr ausreichten, um eine Situation zu bewältigen. Sie mochte keine einfachen Lösungen.

Tenel Ka unterdrückte ihre Gefühle, als ein kompaktes, glänzendes Schiff mit müheloser Präzision nicht weit von ihrem Standort landete. Obwohl sie wußte, daß es den Schwestern der Nacht gehörte – oder wer auch immer Jacen, Jaina und Lowbacca entführt hatte –, bewunderte sie seine Konstruktion.

Das Schiff war nicht groß, für allenfalls ein Dutzend Passagiere vorgesehen, aber sein Design war glatt und elegant und lud Tenel Ka förmlich dazu ein, eine Hand über die Flanke gleiten zu lassen. Keine Kohlenstoffspuren verunzierten die Hülle; die Oberfläche war von Dellen, Löchern und sonstigen

Spuren von Meteoriteneinschlägen, mit denen ein Schiff in Weltraum und Atmosphäre gewöhnlich zu tun hatte, verschont geblieben. Der Gesamtentwurf erinnerte vage an imperiale Schiffe, aber Tenel Ka erkannte keinen Schiffstyp wieder, der ihr schon einmal untergekommen war.

Sie hörte ein leises, anerkennendes Pfeifen von Luke und eine gemurmelte Frage, als rede er mit sich selbst. »Quantenpanzerung?«

»Genau«, sagte Vilas und konnte seine Befriedigung kaum verbergen.

Als eine Ausstiegsrampe von der schlanken Unterseite des kleinen Schiffs ausgefahren wurde, trat Vonnda Ra vor, um der Frau, die herabschritt, zur Begrüßung beide Hände zu reichen. Als die Frau von der Rampe stieg, sah Tenel Ka, daß sie einen halben Meter kleiner war als Vonnda Ra. Trotz ihrer geringen Größe war die Besucherin kräftig gebaut. Langes braunes, mit bronzenen Strähnen durchsetztes Haar hing ihr bis zur Hüfte hinab, mit gerade genug Zöpfen und Spangen zurechtgemacht, daß es ihr nicht ins Gesicht hing, so wie es sich für eine Kriegerfrau von Dathomir geziemte.

Ohne sich lange mit Formalien aufzuhalten, löste sich die Pilotin von Vonnda Ra und trat vor Luke und Tenel Ka. Ihre haselnußbraunen Augen beäugten sie kritisch. »Seid ihr die neuen Rekruten?«

Bevor Tenel Ka antworten konnte, redete Vilas dazwischen, als hätte er nur auf eine Gelegenheit gelauert, endlich das Wort an die Pilotin richten zu können. »Sie werden feststellen, daß sie über ein erstaunliches Potential verfügen, Captain Garowyn.«

Tenel hörte die Anspannung und Hoffnung – und Sehnsucht – in seiner Stimme und fragte sich, ob Vilas nicht heimlich in Garowyn verliebt war. Sie hatte kultivierte Gesichtszüge, und ihre cremefarbene bis braune Haut bildete einen wirkungsvollen Kontrast zu ihrem engsitzenden roten Eidechsenhautpanzer. Der schwarze, knielange Umhang, den sie an der Vorderseite offen trug, schien ihr einziges äußeres Zugeständnis an die Tatsache zu sein, daß sie eine Schwester der Nacht war, und Tenel Ka schloß aus dem hochmütigen Zug um ihren Mund und ihre scharfblickenden Augen, daß Garowyn nicht oft Zugeständnisse machte. »Vilas, entladen Sie bitte die Vorräte«, wies Garowyn ihn an. »Ich werde die beiden persönlich einem Test unterziehen.« Vilas zuckte zusammen und schlurfte entmutigt zum Schiff, um die Ladung zu löschen. Garowyn schien seine Enttäuschung nicht einmal zur Kenntnis zu nehmen. Sie warf Luke und Tenel Ka einen herausfordernden Blick zu und richtete eine Frage an sie. »Was haltet ihr von meinem Schiff, der *Shadow Chaser*?«

»Ein schönes Schiff. Ich habe so etwas noch nie gesehen«, erwiderte Luke leise.

»Dem kann ich mich nur anschließen«, sagte Tenel Ka mit ehrfürchtiger Stimme.

»Ja, ihr habt recht«, sagte Garowyn selbstzufrieden. »Die *Shadow Chaser* befindet sich auf dem neuesten Stand der Technik. Im Moment gibt es kein anderes Schiff dieser Art.« Dann schien sie zu vergessen, daß Vonnda Ra und Vilas überhaupt existierten, und sagte: »Ich will keine Zeit verschwenden. Kommt an Bord. Sobald der Frachtraum leer ist, fliegen wir los.«

Während die *Shadow Chaser* auf Hyperraumgeschwindigkeit beschleunigte und die funkelnden Lichtpunkte vor dem Frontsichtschirm zu Sternenlinien auseinandergezogen wurden, sah Tenel Ka zu, wie Garowyn die Steuerautomatik einstellte. Nachdem sie die Programmierung abgeschlossen hatte, erhob sich die Schwester der Nacht vom Pilotensitz.

»Unsere Reise wird zwei Standardtage dauern«, sagte Garowyn, schob sich an ihnen vorbei und verließ das Cockpit. »In der Zwischenzeit kann ich euch mit meinem Schiff bekannt machen. Für die *Shadow Chaser* wurden keine Kosten gescheut.«

Sie zeigte ihnen die Anlagen zur Produktion von Nahrung und Wiederverwertung von Abfällen, die Hyperantriebssysteme, die Schlafkojen ... aber das meiste davon ging an Tenel Ka vorbei.

»Und das hier«, Garowyn deutete auf einige Luken in der Rückwand der Kabine, »sind die Rettungskapseln. Jede ist gerade groß genug, um einen Passagier zu befördern; und jede ist mit einem Peilsender ausgestattet, der seinen Standort auf einer Signaturfrequenz sendet, die nur in der Schatten-Akademie dekodiert werden kann, wo ihr euer wahres Potential zu entfalten lernen werdet.«

Mit diesen Worten setzte Garowyn die Führung fort. Tenel Ka warf Master Skywalker einen erschrockenen Blick zu, und auch in den Augen des Jedi-Meisters flackerte Beunruhigung auf. Ihre Gedanken kreisten unaufhörlich um den Gedanken, daß eine zweite Jedi-Akademie existieren könnte, eine Akademie, auf der der Umgang mit der dunklen Seite der Macht gelehrt wurde. Eine *Schatten-Akademie*.

Garowyn beschloß, sie gründlich zu testen. Indem sie Luke und Tenel Ka abwechselnd befragte, versuchte sie herauszufinden, wie tief die neuen Rekruten bereits in die Mysterien der Macht vorgedrungen waren. Luke blieb vage in seinen Antworten, aber Garowyn konzentrierte ihre Anstrengungen – vielleicht weil sie von Dathomir stammte und Männer als untergeordnet betrachtete – ohnehin darauf, mehr über Tenel Ka herauszufinden.

Als Garowyn sie fragte, welche Erfahrungen sie hatte, antwortete sie wahrheitsgemäß. »Ich habe die Macht schon genutzt, und ich glaube, daß ich gut darin bin. Trotzdem«, fügte sie hinzu, und ihre Stimme wurde hart, »möchte ich mich nicht so sehr auf sie verlassen, daß ich schwach werde. Wenn es irgend etwas gibt, was ich aus eigener Kraft schaffen kann, benutze ich die Macht nicht.«

Garowyn lachte darüber, ein schroffes, zynisches Lachen, das in Tenel Kas Ohren knirschte. »Wir werden keine großen Schwierigkeiten haben, deine Meinung zu ändern«, sagte sie. »Warum solltest du dich sonst bei uns ausbilden lassen wollen?«

Tenel Ka dachte einen Moment darüber nach und formulierte ihre Antwort mit Bedacht. »Ich habe keine größere Sehnsucht, als den Umgang mit der Macht zu lernen«, sagte sie schließlich.

Garowyn nickte, als sei damit das Thema für sie erledigt, und wandte sich Luke zu. »Ich habe etwas dagegen, Rekruten an Bord der *Shadow Chaser* mit dem Lichtschwert exerzieren zu lassen, aber wir werden noch früh genug sehen, ob ihr meiner Vorstellung von der Beherrschung der Macht gerecht werdet.« Sie nahm einen Stunnerstab in jede Hand und warf einen davon Luke zu. Luke streckte einen Arm aus, verhielt sich etwas ungeschickt, bekam den Stab aber doch noch zu fassen, bevor er auf dem Boden aufschlug.

Und so ging es fast den ganzen Tag lang weiter.

Tenel Ka gab in jeder Phase der Tests ihr Bestes, aber ihr entging nicht, daß Luke sich zurückhielt, nicht das wahre Ausmaß seiner Fähigkeiten preisgab – sie hatte Master Skywalker genug beobachtet, um das zu wissen.

Nachdem sie ihn in einigen Tests schlecht abschneiden oder scheitern gesehen hatte, schlich sich allerdings eine Spur von Sorge in ihre Gedanken. Was sollte werden, wenn Master Skywalker krank geworden war? Was, wenn er seine Fähigkeiten nicht anwenden konnte?

Oder was, wenn er – es tat weh, auch nur daran zu denken – sich die ganze Zeit geirrt hatte? Wenn die dunkle Seite wirklich stärker war? Wenn das zutraf, bestand für sie und Master Skywalker nicht die geringste Aussicht, Jacen, Jaina und Lowbacca zu retten.

Tenel Ka fühlte sich schwach und erschöpft, nachdem sie den zehnten Gegenstand angehoben hatte, um Garowyns Sinn für Vollständigkeit zu befriedigen. Der Titanblock schwankte und zitterte, als sie ihn auf den Boden der Kabine niedersinken ließ.

Garowyn gab ein spöttisches Kichern von sich. »Dein Stolz auf deine Unabhängigkeit ist deine Schwäche.« Mit diesen Worten schloß sie die haselnußbraunen Augen, warf den Kopf zurück und streckte einen Arm nach Tenel Ka aus.

Tenel Ka spürte, wie sich ihr die Haare sträubten, einschließlich der feinen Härchen auf ihrer Haut, als würde jeden Moment ein Blitz einschlagen. Ihr Magen rumorte, und sie fühlte sich schwindlig und desorientiert. Sie beugte die Beine, um sich zu setzen, fand aber nichts, was ihre Last tragen konnte. Sie schwebte einen Meter über dem Kabinenboden. Tenel Ka unterdrückte einen Entsetzensschrei und versuchte sich mit Gedankenkraft freizukämpfen.

Garowyns cremefarben-braunes Gesicht war von häßlichen Falten angestrengter Konzentration durchfurcht. »Ja«, sagte sie mit gutturaler, triumphierender Stimme, »versuch dich mir zu widersetzen. Laß dich von deinem Zorn aufstacheln.«

Als ihr klarwurde, daß sie genau das tatsächlich getan hatte, erschlaffte Tenel Ka. Im selben Moment spürte sie, wie Garowyns Griff sich ein wenig lockerte, und Tenel Ka geriet mitten in der Luft ins Schwanken. *Aha,* überlegte sie, *die Schwester der Nacht ist also doch nicht so stark, wie sie glaubt.*

Sie setzte ihren Widerstand fort, um ihre eigentliche Absicht zu überspielen, löste die Faserschnur und den Enterhaken, die sie um die Hüfte gebunden trug, und suchte nach einer Stelle, wo sie sie einhaken konnte. Ihr Blick fiel auf etwas, das für ihr Vorhaben wie geschaffen schien: das Rad an der Druckluke einer Rettungskapsel.

Garowyn amüsierte sich immer noch über ihre ›Bemühungen‹, als Tenel Ka mit einer einstudierten Drehung des Handgelenks die Leine schleuderte; der Enterhaken krallte sich fest an das vorgesehene Ziel. Bevor die Schwester der Nacht reagieren konnte, sackte Tenel Ka wieder völlig schlaff in sich zusammen. Als Garowyns Griff erneut nachgab, zog Tenel Ka an der Leine und riß sich los, stürzte zu Boden und landete schmerzvoll auf dem Hinterteil.

Sie blickte auf und sah Garowyns zierliche Gestalt über sich. Aber statt eines wütenden Rüffels bekam sie von der Schwester der Nacht nur ein scharfes, bellendes Lachen zu hören, dem man ihr Erstaunen anmerkte.

Garowyn streckte eine Hand aus, um Tenel Ka auf die Beine zu helfen. »Dein Stolz hat dir diesmal gute Dienste geleistet, aber irgendwann könnte er dir doch einmal das Genick brechen«, sagte sie.

»Das bringt Stolz oft mit sich«, sagte Luke leise und schien ihr aufrichtig zuzustimmen. Er taxierte die Schwester der Nacht mit Blicken. »Ich glaube, ich könnte das auch.«

Garowyns Lippen verzogen sich zu einem spöttischen Lächeln. »Was? Du meinst, du könntest auch einmal auf den ...?«

»Nein«, sprach Luke dazwischen. »Ich glaube, ich könnte eine Person durch die Luft schweben lassen.«

»So?« Garowyn gluckste, als werde sie zu einem Duell herausgefordert. »Versuch dein Bestes.«

Sie verschränkte die Arme über die Brust, und ihre haselnußbraunen Augen blickten Luke auffordernd an. Plötzlich weiteten sich ihre Augen vor Staunen und Verwirrung, als ihre Füße sich vom Boden lösten und sie gut anderthalb Meter in die Luft schwebte.

»Ich sehe, daß die Zeit reif ist, auch *dir* die Macht der dunklen Seite beizubringen«, schnauzte sie arrogant. Sie schloß die Augen und sträubte sich mit aller Macht.

Tenel Ka spürte, daß Luke seinen Griff lockerte – aber nur ein wenig. Garowyn schwebte immer noch über dem Deck, aber er ließ es zu, daß der Schwung ihrer Bewegung sie herumwirbelte und in schwindelerregende Rotation versetzte.

Und dann sagte Luke, ohne auch nur für einen Moment den Blick von der Schwester der Nacht abzuwenden: »Tenel Ka, wenn du jetzt bitte so freundlich wärst, die erste Rettungskapsel zu öffnen.«

Sie begriff sofort, was er vorhatte, und gehorchte. Binnen Sekunden hatten sie die rotierende und desorientierte Schwester der Nacht in die Rettungskapsel verfrachtet und eingesperrt. Tenel Kas Hand schwebte über dem Schalter der Abwurfautomatik. Luke nickte.

Mit großer Befriedigung löste sie den Start aus. Mit einem *Wusch* und *Wumms* schoß die Rettungskapsel mit Garowyn als Ladung in den Weltraum hinaus.

»Master Skywalker«, sagte Tenel Ka mit ernstem Gesicht. »Ich glaube, ich verstehe jetzt, wie man es fertigbringt ... wie haben Sie es doch ausgedrückt? ... eine solche Situation *abzuwenden*.«

Luke sah sie an, blinzelte erstaunt und lachte. »Tenel Ka«, sagte er. »Ich glaube, du hast soeben einen Witz gemacht. Jacen wäre stolz auf dich.«

Stunden später, als sie aus dem Hyperraum auftauchten und der Autopilot ihnen ein Signal gab, daß sie sich ihrem Ziel näherten, saßen Luke und Tenel Ka im Cockpit und hielten vergeblich nach einem Planeten, einer Raumstation, nach *irgend etwas* Ausschau, wo sie landen konnten.

Aber sie sahen nichts.

Tenel Ka wandte sich verwirrt Luke zu. »Könnte der Autopilot versagt haben?« fragte sie. »Haben wir die falschen Koordinaten?«

»Nein«, sagte er und wirkte ruhig und selbstsicher. »Wir müssen warten.«

Doch dann, als werde plötzlich ein Vorhang zur Seite gezogen, sahen sie ihr Ziel: eine Raumstation. *Eine Schatten-Akademie,* verbesserte sich Tenel Ka. Ein stacheliger Ring, der sich direkt vor ihnen im freien Raum gleichmütig um seine eigene Achse drehte, bewacht von peripheren Geschützbatterien und gekrönt mit mehreren hohen Observationstürmen.

»Sie muß getarnt gewesen sein«, sagte Luke.

Während sie sich der Schatten-Akademie näherten, öffneten sich automatisch die Tore der Andockbuchten. Luke legte Tenel Ka zur Beruhigung eine Hand auf die Schulter.

»Die dunkle Seite ist *nicht* stärker«, sagte er.

Tenel Ka atmete lang aus, und ein Teil ihrer Anspannung fiel dabei von ihr ab.

»Das ist eine Tatsache«, flüsterte sie.

20

Während der Ruheperiode in der Schatten-Akademie waren alle Studenten in ihren eigenen Quartieren eingeschlossen und angehalten zu schlafen oder zu meditieren, um für weitere anstrengende Übungen Energie zu tanken. Das Imperium schrieb es so vor, und die meisten Studenten hielten sich daran, ohne zu murren.

Jacen saß allein in seiner engen Unterkunft und versorgte seine Schrammen und Wunden. Er befeuchtete eine seiner Socken und benutzte sie, um damit die vielen Schnitte und Risse zu kühlen, die ihm die scharfen Steinbrocken und Messer zugefügt hatten.

Er und Jaina hatten um einfache Schmerzstiller gebeten, aber Tamith Kai hatte es rundheraus abgelehnt und darauf beharrt, daß die Schmerzen sie härter machen würden. Jeder Schmerz und jedes Zwicken sollte sie an ihren gescheiterten Versuch erinnern, eine Kugel oder einen Stein abzuwehren. Mit Hilfe der Macht versuchte er, zumindest die schlimmsten Schmerzen zu lindern, aber es tat immer noch weh genug.

Jacen saß mit übergeschlagenen Beinen auf der Pritsche und zerbrach sich den Kopf, wie sie von hier entkommen konnten, bevor Brakiss einen neuerlichen Angriff auf Yavin 4 flog, um weitere Jedi-Schüler seines Onkels Luke zu entführen.

Seine Schwester Jaina war immer schon gut darin gewesen, sich komplizierte Pläne auszudenken. Sie verstand, wie die Dinge funktionierten, wie die Teile zusammenpaßten. Jacen dagegen, der gern für den Augenblick lebte und Spaß an spontanen Aktionen hatte, war ein bißchen chaotisch. Er bekam seine Angelegenheiten zwar durchaus geregelt – aber eben nicht immer in der ursprünglich geplanten Reihenfolge.

Vielleicht bestand der wichtigste Schritt darin, Jaina und Lowie zu befreien. Danach konnten sie entscheiden, was sie als nächstes tun würden. Natürlich lautete die größte Frage, wie er es fertigbringen wollte, sie alle aus ihren Zellen zu befreien.

Plötzlich fiel ihm seine Corusca-Gemme ein.

Jacen lachte beinahe laut auf – warum hatte er nicht schon früher daran gedacht? Er griff nach seinem linken Stiefel, schüttelte ihn und war erstaunt, nichts zu hören. Doch dann erinnerte er sich, daß er den Stein in den anderen Stiefel gesteckt hatte. Er hob ihn hoch und ließ das kostbare Juwel in seine Handfläche rutschen. Glatt auf der einen Seite, mit scharfen Kanten und Facetten auf der anderen, glühte die Corusca-Gemme von einem inneren Feuer – eingefangenes Licht aus der Zeit, als der Stein vor Äonen tief in Yavins Kern entstanden war.

Lando Calrissian hatte steif und fest behauptet, daß eine Corusca-Gemme Transparistahl so mühelos durchschneiden konnte wie ein Laser Sullustaner-Gel. Aber Lando erzählte viel, neigte dazu, die Dinge immer ein wenig zu übertreiben. Jacen hoffte inständig, daß er in diesem Fall nicht übertrieben hatte.

Jacen hielt das Juwel zwischen Daumen und zwei Fingern und ging zur versiegelten Tür. Als Tamith Kai und ihre imperialen Truppen die Gemmentaucher-Station stürmten, hatten sie eine große Maschine, die mit Corusca-Gemmen von industrieller Qualität bestückt war, dazu benutzt, um sich durch die gepanzerten Wände zu schneiden. Warum sollte es dann nicht möglich sein, daß Jacens kleine Gemme eine dünne Wandplatte durchtrennen konnte ...?

Er fuhr mit den Fingern über das glatte Metall im Bereich der Versiegelung. Jacen wünschte, er verstünde soviel von Maschinen und Elektronik wie seine Schwester, aber er würde sein Bestes versuchen.

Er nahm nicht an, daß er die ganze Tür nur mit der Kraft seiner Finger durchschneiden konnte, aber Jacen wußte, wo sich das Kontrollfeld befand. Vielleicht konnte er diese Seite der Platte aufbiegen, an die Drähte gelangen und die Tür irgendwie kurzschließen – obwohl er nicht die leiseste Ahnung hatte, wie er das anstellen sollte. Dennoch nahm er die Gemme, lokalisierte die Stelle, wo sich der Mechanismus befinden mußte, und tastete sie mit Hilfe der Macht ab. Er spürte dort eine Energiequelle und ein Gewirr von Bauteilen – genau das, wonach er gesucht hatte.

Jacen zog ein großzügiges Rechteck mit der Gemme, ritzte ohne Mühe eine dünne weiße Linie in die Metallplatte. *Ein guter Anfang,* dachte er.

Jacen drückte etwas fester, als er das Rechteck nachzog, und spürte, wie sich der scharfe Rand der Gemme tiefer ins Metall fraß. Nach dem dritten Anlauf taten ihm die Finger weh, aber er sah, daß er der Platte einen deutlichen Schaden beigebracht hatte. Sein Puls raste, und die Aufregung verlieh ihm frische Kräfte. Er vergaß all seine Schrammen und Schmerzen.

Eine Seite gab schließlich nach und ließ sich nach innen drücken. Jacen keuchte auf. *Fast geschafft.* Er sägte die Längsseite des Rechtecks durch. Mit einem *Pling* teilte sich das Metall. Die letzten beiden Seiten boten überraschend wenig Widerstand, und mit einigen kräftigen Schnitten hatte Jacen sie durchtrennt. Das Metallrechteck löste sich von Jacens wunden Fingern und fiel mit einem lauten Scheppern zu Boden. »Tausend Blasterblitze!« fluchte er leise. Er war sicher, daß jeden Moment die anderen Studenten der Schatten-Akademie aufwachen und die Sturmtruppler alarmiert herbeilaufen würden.

Aber draußen im Flur blieb es vollkommen still, als sei ein Stofftuch um die Station gewickelt worden, das alle Geräusche dämpfte. Niemand, der aufgeschreckt auf den Korridor hinaustrat. Nur ein paar Wachmänner marschierten durch die nächtlich dahindämmernde Raumstation.

Vorläufig konnte Jacen nichts passieren. Er lugte in das Loch, das er geschnitten hatte, und betrachtete entsetzt das Durcheinander von Drähten und Schaltkreisen. *Also gut, was würde Jaina machen?* fragte er sich. Er schloß die Augen, öffnete seinen Geist und tastete die Wege der Drähte und Schaltkreise ab. Einige waren mit den Kommunikationsanlagen und den in regelmäßigen Abständen an den Wänden der Korridore angebrachten Computerterminals verbunden, oder mit Lampen oder Thermostaten. Andere standen mit der Alarmanlage in Verbindung, und wieder andere ... mit dem Türmechanismus!

Jacen atmete tief durch, um sich zu beruhigen. Also, *wozu sind diese Drähte da?* Er mußte sie wahrscheinlich überbrücken, aber auf eine bestimmte Weise. Ihm blieb nichts anderes übrig, als es auszuprobieren.

Mit schmerzenden Fingern löste Jacen einen der Drähte in dem freigelegten Bündel und hielt ihn an einen anderen, wobei er sorgfältig darauf achtete, daß die losen, unter Strom stehenden Enden nicht seine nackte Haut berührten. Ein kleiner Funke sprang über, und das Licht in seiner Kammer flackerte – ansonsten aber geschah nichts. Er versuchte es mit dem zweiten Draht, abermals ergebnislos.

Jacen hoffte, daß er in den Wachstationen keinen Alarm auslöste. Er seufzte. Und was wäre, wenn er keinen Erfolg hatte? Nun, überlegte er, dann würde er eben doch die ganze Tür durchschneiden müssen. Er schüttelte seine schmerzenden Finger. Zuerst aber, beschloß er, würde er das letzte Paar Drähte ausprobieren.

Als spürte sie Jacens drängende Sehnsucht, glitt die Tür leise auf, als er die beiden Drähte aneinanderhielt.

Jacen lachte auf, trat hinaus und spähte den Korridor hinunter. Doch alles, was er ausmachen konnte, war eine Reihe versiegelter, schmuckloser Türen. Leuchtpaneele erhellten die metallischen Korridore mit halber Leuchtkraft, um während der Ruheperiode der Schatten-Akademie Energie zu sparen.

Die Bedienungselemente der Türen waren von außen viel leichter zu manipulieren, und er glaubte nicht, daß er irgendwelche Schwierigkeiten haben würde, Jaina und Lowie zu befreien – wenn er sie erst einmal gefunden hatte.

Es erwies sich als weniger schwierig, als Jacen befürchtet hatte. Er ging in Richtung der Korridore, in die Jaina und Lowie gewöhnlich gebracht wurden – zum Glück hatte er sie sich genau eingeprägt –, und rief in Gedanken nach ihnen. *Bei Jaina wird es am einfachsten sein,* dachte er. Er ging auf Zehenspitzen und fürchtete, jeden Moment einem um die Ecke marschierenden Sturmtruppler in die Arme zu laufen.

Aber die Schatten-Akademie blieb still, und nichts störte ihren Schlaf.

Jaina, dachte er intensiv. *Jaina!*

Jacen ging weiter und lauschte an jeder Tür. Er wollte nicht zuviel telepathischen Aufruhr verursachen, denn wenn die Dunklen Jedi-Studenten ihn bemerkten, würden sie vielleicht Alarm schlagen.

An der siebten Tür wurde er fündig. Jacen spürte seine Schwester, wach und aufgeregt, weil sie wußte, daß er da draußen war. Er bearbeitete den Türmechanismus, und wenig später glitt die Tür auf. Jaina platzte heraus und schloß ihn in die Arme. »Ich habe dich erwartet«, sagte sie.

»Ich habe meine Corusca-Gemme benutzt«, erklärte er und zeigte auf seinen Stiefel, in den er den Stein wieder zurückgesteckt hatte.

Jaina nickte, als sei ihr die ganze Zeit klar gewesen, was ihr Bruder tun würde.

»Wir müssen Lowie finden und befreien«, sagte Jacen.

»Natürlich«, stimmte Jaina zu. »Wir werden fliehen und Onkel Luke warnen. Wir müssen verhindern, daß Brakiss die Jedi-Akademie um ihre Studenten bringt.«

»Genau«, sagte Jacen mit einem schiefen Grinsen. »Tja, und nachdem *ich* dafür gesorgt habe, daß wir bis hierher gekommen sind, hatte ich gehofft, daß *du* dir für den Rest einen Plan ausdenken könntest.«

Jaina strahlte ihn an, als habe er ihr das größte Kompliment gemacht, das sie sich vorstellen konnte. »Habe ich schon«, sagte sie. »Worauf warten wir noch?«

Sie machten Lowie ausfindig, der es kaum erwarten konnte,

sie in seine haarigen Arme zu schließen. MTD dagegen zeigte sich nicht ganz so begeistert. »Ich muß Sie leider davon in Kenntnis setzen, daß mir keine andere Wahl bleibt, als einen Alarm auszulösen«, warnte sie der Übersetzer-Droide. »Ich bin jetzt dem Imperium verpflichtet, und ich bin dafür verantwortlich ...«

Jaina gab dem kleinen Droiden einen Knuff mit dem Knöchel. »Wenn du nur einen Pieps von dir gibst«, sagte sie, »werde ich dich neu verdrahten, und zwar so, daß du rückwärts redest und auf dem nächsten Schrotthaufen landest.«

»Das würden Sie nicht wagen!« rief MTD beleidigt.

»Wollen wir wetten?« fragte Jaina mit gefährlich süßer Stimme.

Jacen stand an ihrer Seite und starrte den miniaturisierten Übersetzer-Droiden finster an. Lowie fügte sein eigenes bedrohliches Knurren hinzu.

»Na gut, in Ordnung«, sagte MTD. »Aber ich füge mich nur unter energischem Protest. Schließlich ist das Imperium unser Freund.«

Jaina schnaubte. »Nein, ist es nicht. Ich schätze, bei dir wird eine komplette Gehirnwäsche fällig, wenn wir wieder auf Yavin 4 sind.«

»Ach, du liebe Güte«, jammerte MTD.

Jaina schaute von einem Ende des stillen Korridors zum anderen. Sie rieb die Hände aneinander, biß sich auf die Unterlippe und überlegte, welche Möglichkeiten sie hatten. »Also gut, ich habe folgenden Plan.« Sie deutete auf eines der im Korridor angebrachten Terminals.

»Lowie«, sagte sie, »kannst du mit diesem Computer die Hauptsysteme anzapfen? Du mußt den Tarnmechanismus der Schatten-Akademie ausschalten und außerdem alle Türen versiegeln, damit niemand sein Quartier verlassen kann. Wir sollten uns keine überflüssigen Schwierigkeiten aufhalsen.«

Lowie gab ein zuversichtliches Grunzen von sich.

»Lowbacca, dazu sind Sie beim besten Willen nicht in der Lage«, sagte MTD, »und das wissen Sie auch.« Lowie knurrte ihn an.

»Wenn wir's in die Shuttlebucht schaffen«, fuhr Jaina fort, »kann ich uns vielleicht mit einem der Schiffe hier rausbringen. Ich habe in Simulatoren für verschiedene Schiffstypen trainiert – und es wäre mir auch gelungen, den TIE-Jäger zu fliegen, wenn Qorl ihn mir nicht vor der Nase weggeschnappt hätte.«

Lowie tippte mit seinen langen, haarigen Fingern auf die Tastatur des Computerterminals. Er ging tief in die Hocke, um auf den Monitor schauen zu können. Wookiees schienen nicht gerade zum favorisierten Personal der Station zu gehören. Lowie rief die Bildschirme ab, die ihn über den gegenwärtigen Status der Shuttlebucht informierten.

»Perfekt«, sagte Jaina. »Ein neues Schiff ist gerade eingetroffen, die Antriebssysteme auf Stand-by und startbereit. Wir werden es kapern, sobald Lowie alle in ihre Quartiere eingesperrt hat.«

Lowie grunzte zustimmend und arbeitete weiter, sah sich aber bald mit einer undurchdringlichen Mauer aus Paßwörtern konfrontiert. Er grunzte frustriert.

»Na, sehen Sie?« fragte MTD. »Ich habe Ihnen doch gesagt, daß Sie's nicht allein schaffen.«

Lowie knurrte, aber Jaina strahlte, als ihr eine Idee kam. »Er hat recht«, sagte sie. »Aber MTD ist von den Imperialen umprogrammiert worden. Warum schließen wir ihn nicht an den Hauptcomputer an und lassen ihn für uns in das System eindringen?« Sie löste den kleinen Übersetzer-Droiden von der Schnalle an Lowbaccas Hüfte und schraubte MTDs Rückseite auf.

»Das tue ich auf keinen Fall«, zeterte MTD. »Ich kann es

einfach nicht. Ich würde das Imperium verraten und meiner Pflicht ...«

Lowie gab einen bedrohlichen Laut von sich, und MTD verstummte.

Jaina pulte mit tauben Fingern Kabel, Buchsen und Stecker aus dem Kopfstück des Droiden und verband sie mit den entsprechenden Anschlüssen am Computerterminal der Schatten-Akademie.

»Oh, nein«, stöhnte MTD im ersten Moment. »... Ah, das ist schon viel besser. Ich kann so viel sehen! Es ist ein Gefühl, als ob mein Gehirn überläuft. Eine Schatzkammer an Informationen wartet auf mich ...«

»Die Paßwörter, MTD«, sagte Jaina und streckte die Hand nach dem widerspenstigen Droiden aus.

»Ach, du liebe Güte, ja. Natürlich – die Paßwörter!« sagte MTD hastig. »Aber ich muß Sie nochmals darauf hinweisen, daß ich das eigentlich nicht darf.«

»Tu's einfach«, schnauzte Jaina.

»Ja, gut, bin ja schon dabei. Aber geben Sie mir nicht die Schuld, wenn gleich eine Horde von Sturmtrupplern hinter Ihnen her ist.«

Der Monitor flimmerte und zeigte die Dateien an, auf die Lowbacca erfolglos zugegriffen hatte. Jacen und Jaina seufzten vor Erleichterung, und Lowie gab einen zufriedenen Laut von sich. Seine zimtfarben behaarten Finger flogen nur so über die Tastatur, während er sich durch ein Menü nach dem anderen kämpfte, bis er schließlich in das Hauptprogramm des Stationscomputers vorgedrungen war.

Mit zwei schnellen Kommandos deaktivierte Lowie den Tarnmechanismus der Schatten-Akademie. Dann hallte ein voluminöses *Klong* durch die Station, als Lowie alle Türen bis auf die drei, die sie zu ihrer Flucht benötigten, absperrte und versiegelte. Er heulte triumphierend auf.

Viel zu spät wurde die Alarmanlage der Station ausgelöst. Es war ein lautes, schrilles, enervierendes Geräusch, so unangenehm, wie es nur imperiale Techniker fertigbrachten.

Lowie entstöpselte MTD. »Na sehen Sie, ich habe Sie ja gewarnt«, sagte der silbrige Droide. »Aber Sie wollten ja nicht auf mich hören.«

21

Brakiss saß in Gedanken versunken in seinem abgedunkelten Büro, lange nachdem die anderen Lehrer sich zur Nachtruhe zurückgezogen hatten. Er ergötzte sich an den Bildern, die an den Wänden hingen: der Ausbruch galaktischer Katastrophen, der entfesselte Zorn des Universums, der ihn wie ein Sturm umpeitschte – und er selbst saß im Auge dieses Sturms, konnte an diese gewaltigen Kräfte rühren, ohne von ihnen mitgerissen zu werden.

Brakiss hatte gerade die Pläne für einen Überraschungsangriff auf Yavin 4 niedergeschrieben, der weitere Jedi-Studenten aus Master Skywalkers Akademie in seine Hände bringen würde. Er hatte eine codierte Nachricht tief in die Kernsysteme an den Führer des Imperiums gesendet, der seinen Plänen ohne Zögern zugestimmt hatte. Der Führer war begierig darauf, ausgesuchte Jedi-Studenten zu dunklen Kriegern ausbilden zu lassen.

Der Angriff würde in den nächsten Tagen stattfinden, solange Skywalker noch damit beschäftigt war, den Verlust der Zwillinge und des Wookiees zu verdauen; vielleicht war er sogar von Yavin 4 abgereist, um nach ihnen zu suchen. Tamith Kai würde ihn bei dem Angriff begleiten. Sie mußte einmal ihren Zorn ablassen können, etwas von der Wut abreagieren, die unaufhörlich in ihr gärte. Auf diese Weise würde sie ihrer Sache nützlicher sein.

Brakiss stand auf und betrachtete das blendend helle Bild der Denarii-Nova, zwei Sonnen, die einander mit Feuer übergossen. Irgend etwas beunruhigte ihn. Doch er wußte nicht recht, was. Der Tag hatte routinemäßig angefangen. Die drei jungen Jedi-Ritter machten schnellere Fortschritte, als er erwartet hatte. Aber dennoch hatte Brakiss ein schlechtes Gefühl, ein Unbehagen tief in seinem Innern.

Er verließ gemessenen Schrittes sein Quartier, und sein silbriger Umhang umflackerte ihn wie Kerzenlicht. Er ließ die Tür zu seinem Büro offenstehen, als er den leeren Korridor in Augenschein nahm. Alles wirkte ruhig, so wie es sein sollte.

Brakiss runzelte die Stirn. Anscheinend war alles nur Einbildung. Er wandte sich um, wollte wieder in sein Zimmer gehen, doch im selben Moment schlug wie von Geisterhand die Tür zu. Brakiss war aus seinem eigenen Büro ausgesperrt.

Auf ganzer Länge des Korridors waren auch die übrigen offenen Türen versiegelt worden. Er hörte klickende Geräusche, als überall in der Station Schließmechanismen einrasteten.

Automatische Alarmsirenen kreischten. Brakiss war nicht bereit, eine solche Störung seiner Routine zu dulden. Irgend jemand würde dafür bestraft werden. Er zügelte den Aufruhr in seinem Innern und schritt durch die Flure, fest entschlossen, das Chaos zu beenden.

Jacen, Jaina und Lowie hasteten in die Andockbucht und waren bereit, alles zu tun, um sich aus der Schatten-Akademie freizukämpfen.

Ein glänzendes imperiales Schiff von ungewöhnlichem Design ruhte in der Mitte einer hellbeleuchteten Landeplattform und wurde gerade abgefertigt. Andere TIE-Jäger und Skipray-Blasterboote standen mit heruntergefahrenen Energiesystemen und in verschiedenen Wartungsphasen herum. Der ohrenbetäubende Radau der Alarmanlage hielt an.

Jacen sah, daß sich in dem Shuttle etwas bewegte, und bedeutete den anderen hastig, sich zu ducken, gerade noch rechtzeitig, um den Blicken der beiden Gestalten zu entgehen, die in diesem Moment auf die Ausstiegsrampe traten. Eine der Gestalten ging in die Hocke und zückte ein Lichtschwert.

»Onkel Luke!« schrie Jaina und sprang auf die Beine.

Die zweite Gestalt, ein entschlossen wirkendes Mädchen, wirbelte kampflustig herum. Ihr geflochtenes rotgoldenes Haar schwappte wie eine feurige Welle über ihre grauen Augen hinweg.

»Und Tenel Ka!« rief Jaina. »Mann, bin ich froh, euch zu sehen!«

Lowie bellte ein herzliches Willkommen.

»Ja, es ist wirklich eine Wohltat, in diesem infernalischen Lärm vertraute Gesichter zu sehen«, stimmte MTD zu.

»In Ordnung, Kinder«, sagte Luke Skywalker, »wir sind gekommen, um euch zu retten – aber da ihr selbst schon so weit gekommen seid, denke ich, können wir verschwinden. Und zwar sofort.«

Jaina erstattete in knappen Worten Bericht. »Es ist uns gelungen, die Tarnvorrichtung auszuschalten, Onkel Luke. Und die meisten Türen der Station sind fest verschlossen. Es werden nicht viele hinter uns her sein, aber wir sollten hier so schnell wie möglich raus.«

»Wie wollen wir die versiegelten Raumtore wieder aufbekommen?« fragte Tenel Ka und warf einen Blick über ihre breiten Schultern. »Es wird schwierig sein, sie zu öffnen, ohne daß von innen jemand hilft. Oder etwa nicht?«

Lowie antwortete mit einer ausgiebigen Folge von Knurrern und Grunzern. Er fuchtelte mit den schlaksigen Armen.

MTD, dessen Chromdeckel noch immer lose klapperte,

schimpfte lautstark. »Nein, das können Sie einfach nicht allein schaffen, Lowbacca. Sie neigen zu Größenwahn. Ich bin es gewesen, der die Verteidigungsanlagen der Schatten-Akademie lahmgelegt hat, und ... oh – oh, was habe ich getan ...?«

»Vielleicht kann ich dir helfen, Lowie«, sagte Jaina. »Gehen wir ins Cockpit. Versuchen wir's von da.«

Unter dem nicht verstummen wollenden Gejaul der Alarmsirenen stand Qorl fassungslos im Kontrollzentrum der Andockbucht.

Er sah die drei jungen Jedi-Ritter unter ihm in die große Halle stürmen. Die *Shadow Chaser* war gerade mit einer Nachschublieferung von Dathomir zurückgekehrt, und ein strohblonder Mann stieg in Begleitung einer energischen jungen Dame aus. Qorl erkannte in ihr eine der Jedi-Studentinnen wieder, die damals im Dschungel an seinem abgestürzten TIE-Jäger gearbeitet hatten.

Als die Sirenen losgeheult hatten, war ihm sofort klar gewesen, daß Jacen, Jaina und Lowbacca irgendwie hinter dem Aufruhr steckten. Die anderen Dunklen Jedi-Studenten begrüßten die Gelegenheit, ihre Fähigkeiten zu verbessern, und schätzten ihr Training; aber Qorl hatte nie daran gezweifelt, daß diese drei Ärger machen würden – vor allem, weil Brakiss und Tamith Kai entschlossen schienen, sie zu verletzen oder umzubringen.

Qorl hatte das inszenierte Duell auf Leben und Tod zwischen den Zwillingen zutiefst erschüttert. Er wußte auch, daß gefährliche Prüfungen mit fliegenden Steinen und Messern schon für den Tod von einem halben Dutzend vielversprechender Rekruten der Schatten-Akademie verantwortlich waren.

Er war mit Brakiss' Vorgehen nicht einverstanden, aber Qorl war nur ein Pilot; niemand legte Wert auf seine Meinung, ganz gleich, wie sicher er sich war. Doch Qorl diente seinem Imperium, und er wußte, was er zu tun hatte.

Er öffnete den Komkanal und erstattete grimmig Meldung. »Master Brakiss, Tamith Kai – wer mich von Ihnen auch hört. Die Gefangenen versuchen zu fliehen. Sie befinden sich gerade in der Hauptandockbucht. Ich glaube, sie haben vor, die *Shadow Chaser* zu stehlen. Alle meine Verteidigungsanlagen sind durch einen Computerfehler ausgefallen. Wenn es Ihnen möglich ist, begeben Sie sich bitte umgehend in die Hauptandockbucht. Ich könnte etwas Hilfe gebrauchen.«

Tamith Kai riß die violetten Augen auf und stürzte aus ihrer harten, unbequemen Koje, als sie die ersten Alarmsignale hörte. Sie war augenblicklich wach und raste vor Ungeduld zu erfahren, was da los war. Jemand bedrohte die Schatten-Akademie.

Die Schwester der Nacht warf ihren schwarzen Umhang über, der sie in glitzernden silbernen Linien umwirbelte, die an die Spuren der Sterne beim Eintritt in den Hyperraum erinnerten. Sie erreichte die Tür zu ihrem Quartier, aber sie wollte sich nicht öffnen. Sie schlug dagegen, hämmerte auf die Bedienungselemente, aber der Verschlußmechanismus rührte sich nicht.

»Laßt mich raus!« knurrte sie. Tamith Kai bearbeitete nochmals das Kontrollfeld, wieder ohne Erfolg. Ihr Zorn wuchs. Irgend etwas ging da vor, irgend etwas Schreckliches – und sie wußte, daß die drei entführten Rekruten dahintersteckten! Sie hatten mehr Scherereien verursacht, als sie wert waren. Die Schatten-Akademie konnte so viele willige Studenten aus allen Welten der Galaxie bekommen, daß der Schaden, den diese drei anrichten konnten, ihre beträchtlichen Talente nicht aufwog.

Sie würde sie ein für allemal vernichten, und dann konnte

die Schatten-Akademie wieder ihre ruhige, gewohnte Routine aufnehmen, mit Tamith Kai als Chefin und Brakiss als ihrem Mann für die Details. Dann konnte sie wieder glücklich sein.

Ihre Finger krampften sich zusammen, und schwarzer Rauch elektrischer Entladungen stieg von ihnen auf. »Raus!« brüllte sie. »Ich muß hier raus!« Im Einklang mit ihrem Aufschrei machte Tamith Kai mit beiden Händen eine Bewegung, als wollte sie eine imaginäre Tür aufstoßen.

Eine Explosion von Energie beulte die Tür nach außen und ließ eine Rauch- und Funkenwolke von den abgerissenen Drähten der Bedienungselemente aufsteigen. Danach riß Tamith Kai mit bloßen Händen die schweren Metallplatten vollends aus dem Rahmen und warf sie mit einem lauten Scheppern zu Boden. Ihre Augen glühten wie violette Lava, als sie in den Korridor stürmte.

Qorls Durchsage erreichte sie über die Komsysteme des Flurs, und Tamith Kai ließ ihren Zorn für keine Sekunde abflauen. *Die Andockbucht.* Sie beschleunigte ihren Schritt.

Während Jacen, Jaina und Lowie an Bord der *Shadow Chaser* kletterten, blieb Luke mit Tenel Ka draußen. Er blickte über die Schultern und rief den Zwillingen etwas zu. »Ich muß mehr über diesen Ort herausfinden. Irgendwie kommt mir dies alles sehr vertraut vor ... und andererseits auch merkwürdig.«

»Ja«, sagte Jaina. »Onkel Luke, die Person, die die Schatten-Akademie leitet, ist ...«

Aber etwas lenkte Luke ab – faszinierte ihn regelrecht. Er stand plötzlich aufrecht da und zog die Augenbrauen zusammen. »Warte«, sagte er. »Ich spüre etwas. Eine Gegenwart, die ich lange Zeit nicht mehr wahrgenommen habe.«

Er schritt langsam durch die Bucht und zückte wieder sein Lichtschwert, spürte einen Sturm in den Sphären der Macht, einen tödlichen Konflikt. Wie in Trance marschierte Luke auf eine der verschlossenen roten Türen zu, die tiefer in die Akademie-Station hineinführten.

»He, Onkel Luke!« schrie Jacen, doch mit einer Handbewegung bedeutete Luke dem Jungen zu warten.

Sie mußten bald fliehen – es war ihre einzige Chance. Sie mußten die Gelegenheit wahrnehmen. Aber Luke mußte es einfach mit eigenen Augen sehen, sich Gewißheit verschaffen. Hinter sich hörte er, wie die Waffensysteme der *Shadow Chaser* scharf gemacht wurden. Die äußeren Laser-Kanonentürme richteten sich auf und rasteten in feuerbereiter Position ein.

Als die rote Tür vor ihm aufglitt, stand Luke Skywalker wie versteinert da. Er starrte in das unwirklich schöne Gesicht seines früheren Studenten.

»Brakiss!« flüsterte er mit einer Stimme, die selbst das Gekreische der Alarmsirenen in der Andockbucht zu durchdringen vermochte.

Brakiss blieb stehen, wo er war, und verzog die Lippen zu einem schwachen Lächeln. »Ah, Master Skywalker. Wie schön, daß Sie gekommen sind. Ich dachte doch, ich hätte Sie hier in meiner Station gespürt. Sind Sie nicht beeindruckt, wie gut ich mich herausgemacht habe?«

Luke streckte das Lichtschwert vor sich hin, aber Brakiss blieb draußen im Korridor und ging keinen Schritt über die Schwelle.

»Ach, kommen Sie«, sagte Brakiss mit einem abschätzigen Wink, »wenn Sie mich umbringen wollten, hätten Sie's tun sollen, als ich noch ein schwacher Rekrut war. Sie wissen doch, daß ich seitdem Agent des Imperiums bin.«

»Ich wollte dir die Chance lassen, dich zu retten«, sagte Luke.

»Immer noch derselbe Optimist«, erwiderte Brakiss in unbekümmertem Tonfall.

Luke fröstelte innerlich. Er wollte sich nicht mit Brakiss duellieren, vor allem nicht jetzt. Sie hatten nur wenig Zeit. Aber mußte er sich nicht irgendwie seinem früheren Studenten stellen – ihren Konflikt austragen?

Sie mußten *sofort* verschwinden. Er mußte mit den Kindern flüchten, bevor die Schatten-Akademie ihre Verteidigungsanlagen wieder in Gang gebracht hatte.

Brakiss streckte seine weichen, leeren Hände aus. »Holen Sie mich doch, Master Skywalker – oder sind Sie ein Feigling? Erlaubt Ihre so geschätzte helle Seite es Ihnen nicht, einen Unbewaffneten anzugreifen?«

»Die Macht ist meine Waffe, Brakiss«, sagte Luke. »Und auch du hast gelernt, sie für deine eigenen Zwecke zu nutzen. Du bist nie unbewaffnet, genausowenig wie ich.«

»Na gut, wie Sie wollen«, erwiderte Brakiss. Er strich über das Gewebe seines schillernden Umhangs und schien zum Angriff anzusetzen. Seine Augen glühten jetzt, als tobe in seinem Innern die Energie des Universums, bereit, sich jeden Moment durch seine Fingerspitzen zu entladen.

Genau in diesem Augenblick schoß eine Explosion heißer Energie von hinten an Lukes Kopf vorbei und zerschmolz die Bedienungselemente der Tür. Mit einem zweiten Schuß aus der Laserkanone der *Shadow Chaser* war der Mechanismus komplett lahmgelegt. Die Tür schlug zu, und schwere Metallplatten trennten die beiden Kontrahenten.

»Onkel Luke, nun komm schon!« rief Jaina aus dem Schiff. »Wir müssen los.«

Eine Welle der Erleichterung durchfuhr Luke. Immer noch einigermaßen verblüfft, drehte er sich um und lief zum Shuttle zurück. Er wußte, daß damit das letzte Wort zwischen ihm und Brakiss noch nicht gesprochen war.

Jaina, Lowie und MTD loggten sich in die Computer der *Shadow Chaser* ein und versuchten das riesige Raumtor der Station von innen zu öffnen. Während sie daran arbeiteten, hastete Tenel Ka durch die Andockbucht und blockierte alle roten Türen so, daß sie sich nicht mehr von außen öffnen ließen. Der merkwürdige Mann in dem silbrigen Umhang hatte Luke lange genug aufgehalten, sie konnten sich keine weiteren Geplänkel dieser Art leisten. Die Türen mußten unbedingt versiegelt werden, nur für den Fall, daß ein Kontingent Sturmtruppler zur Andockbucht unterwegs war.

Luke stieg ins Shuttle. Tenel Ka sperrte eine weitere Metalltür ab, dann lief sie zur letzten. Doch gerade als ihre Finger das Steuerpult berührten, glitt die Tür auf. Eine große, dunkle Frau ragte vor Tenel Ka auf, kampfbereit und bebend vor angestautem Zorn.

Tenel Ka hob den Blick und wußte sofort, wer diese Person war. »Eine Schwester der Nacht!« stieß sie zwischen den Zähnen hervor.

Die Frau starrte finster auf sie hinunter, und auch in ihren Augen regte sich eine Erinnerung. »Und du stammst von Dathomir, Mädchen! Ich behalte dich hier. Du bist ein geeigneter Ersatz für die drei, die ich gleich vernichten werde.«

Tenel Ka baute sich vor der Schwester der Nacht auf und verstellte ihr mit ausgestreckten Armen und Beinen den Weg. »Dann müssen Sie erst an mir vorbei.«

Die dunkle Frau lachte. »Wenn du darauf bestehst.« Sie versetzte ihr mit Hilfe der Macht einen Schlag, einen unsichtbaren Hieb, der Tenel Ka fast umriß – aber die junge Frau wehrte ihn ab und blieb auf den Beinen, die Lippen entschlossen zusammengepreßt.

Die Schwester der Nacht straffte sich vor Erstaunen und sah sie wie ein schwarzer Raubvogel an. »Ah, du bist also schon mit der Macht vertraut. Das macht es mir einfacher, dich auszubilden und umzudrehen.«

Tenel Ka blieb wachsam und angespannt und starrte ihre

Gegnerin finster an. »Darauf würde ich nicht wetten. Und ich werde es nicht zulassen, daß Sie meinen Freunden etwas zuleide tun.«

Die Schwester der Nacht schien überzuschnappen, als ihr Zorn plötzlich vollends aus seinem ohnehin recht dürftigen Käfig ausbrach. »Dann werde ich nicht zögern, dich auch zu vernichten!« Ihr schwarzer Umhang bauschte sich wie Gewitterwolken. Ohne den Blick ihrer violetten Augen von Tenel Ka abzuwenden, hob sie ihre klauenartigen Hände, spreizte die Finger, und ihr schwarz glänzendes Haar knisterte von statischen Entladungen, als ihr Körper sich mit elektrischer Energie auflud.

Tenel Ka trat ihr furchtlos entgegen, als die Schwester der Nacht ihre dunklen Kräfte zu einem vernichtenden Schlag konzentrierte.

Ohne Warnung trat Tenel Ka zu, legte alle Kraft ihrer muskulösen, athletischen Beine in den Tritt. Als die Spitze ihres harten, geschuppten Stiefels die ungeschützte Kniescheibe der Frau traf, hörte Tenel Ka deutlich das Knirschen brechender Knochen und das Reißen von Muskelsträngen. Die Schwester der Nacht kreischte auf und stürzte zu Boden.

Ruhig und mit sich zufrieden sah Tenel Ka mit grauen Augen auf sie hinunter. »Ich benutze die Macht nur dann, wenn ich unbedingt muß«, sagte sie. »Manchmal sind altmodische Methoden wirkungsvoller.«

Tenel Ka ließ die Schwester der Nacht stöhnend auf dem Boden liegen und trabte zur *Shadow Chaser* zurück, wo Luke sie bereits erwartete und zur Eile antrieb. Sie stieg an Bord, und hinter ihr schlossen sich die Schiffsluken.

Der Radau der Alarmsirenen war im Cockpit der *Shadow Chaser* nur noch gedämpft zu hören. Luke steuerte das Schiff, ließ es auf seinem Repulsorfeld über dem Boden schweben. Jaina und Lowie waren noch angestrengt damit beschäftigt, die schweren Raumtore zu öffnen.

Mit einem lauten Donnern wurden zwei der roten Metalltüren aufgesprengt. Der Rauch von Sprengladungen stieg auf, und weiß gepanzerte Sturmtruppler stürmten herein und feuerten auf das Shuttle.

»Seht zu, daß ihr das Raumtor aufkriegt«, sagte Luke. »Und zwar möglichst bald.«

Lowie heulte. »Wir versuchen's ja!« sagte Jaina und tippte, mit noch nervöseren Fingern, eine neue Befehlsfolge ein.

Weitere Sturmtruppler drangen ein. Blasterfeuer durchkämmte die Halle. Sie konnten das Krachen und Scheppern von Einschlägen hören. Aber die Panzerung der *Shadow Chaser* hielt stand.

»Wir bekommen Gesellschaft«, sagte Luke und starrte auf die verschlossenen grauen Tore der Bucht. »Wir sind spät dran.«

»Ich schaff's einfach nicht, die ...«, begann Jaina, doch plötzlich knackten die schweren Tore und taten sich vor der *Shadow Chaser* auf. Das Eindämmungsfeld für die Atmosphäre schimmerte vor der sternengesprenkelten Schwärze, aber es würde das Schiff nicht daran hindern können, in den offenen Weltraum zu entkommen.

»Also, worauf warten wir noch?« fragte Jaina und versuchte sich ihre Panik nicht anmerken zu lassen.

»Hauen wir ab!« rief Luke und rammte den Steuerhebel hinunter.

Alle klammerten sich an ihre Armlehnen, als der Blitzstart sie in die Sitze preßte. Die *Shadow Chaser* schoß mit einem Aufheulen aus der imperialen Station und ließ das riesige stachelige Gebilde enttarnt im Weltraum zurück.

Luke gab einen erleichterten Seufzer von sich, als er die Fluchtkoordinaten in den Navicomp tippte. »Zurück nach Yavin 4«, sagte er.

Keiner der jungen Jedi-Ritter erhob Einspruch, und sie traten in den Hyperraum ein. »Ihr habt gute Arbeit geleistet, Jaina und Lowie«, sagte Luke schließlich. »Ich habe wirklich schon befürchtet, wir bekämen dieses Tor nie auf.«

Lowbacca brummte etwas Unverständliches, und Jaina zappelte herum. »Äh, Onkel Luke«, sagte sie. »Es ist mir unangenehm, das zu sagen – aber wir haben das Tor gar nicht aufbekommen.«

Luke zuckte die Achseln und wollte nicht spitzfindig werden. »Na, dann gilt unser Dank eben dem großen Unbekannten.«

Qorl stand am Steuerpult der Andockbucht und sah die *Shadow Chaser* davonjagen. Die Flucht hatte die Schatten-Akademie in ein vollkommenes Chaos gestürzt, und alle versuchten verzweifelt, die Ordnung wiederherzustellen. Qorl berührte die Bedienungselemente, lächelte schwach und schloß dann das Raumtor. Natürlich würde er Brakiss und Tamith Kai nie etwas davon erzählen.

Brakiss trat erschöpft und verwirrt neben Qorl in den Kontrollraum. »Ist unsere Tarnung schon aktiviert? Wir müssen sie in Gang bringen. Die Rebellen werden uns ganz sicher Angriffsgeschwader auf den Hals schicken. Wir müssen uns einen neuen Standort suchen. Glücklicherweise wurde diese Station so konstruiert, daß sie mobil ist.«

Brakiss trommelte mit den Fingerpitzen auf eines der Steuerpulte. »Ich weiß nicht, was ich unserem großen imperialen Führer sagen soll. Er kann jederzeit die Selbstzerstörungssequenz dieser Station auslösen, wenn ihm danach ist.«

Qorl nickte grimmig. »Vielleicht wird er gar nicht so verärgert sein ... diesmal jedenfalls nicht.«

Brakiss sah ihn an. »Hoffen wir das Beste.«

Tamith Kai humpelte, völlig außer sich, in den Kontrollraum. In ihren Augen glühte immer noch ein violettes Feuer, und ihre Hände waren zu Klauen zusammengekrallt, als wolle sie mit den Fingernägeln Hüllenplatten aus der Wand reißen. »Sie sind also entkommen! Wie konntet ihr sie nur rauslassen?«

Brakiss musterte sie nachsichtig. »Hier hat niemand irgend jemanden *rausgelassen*, Tamith Kai. Ich wüßte nicht, was wir sonst noch hätten machen können, um ihre Flucht zu verhindern. Aber wie dem auch sei, das Wichtigste ist jetzt, daß wir von hier verschwinden und unsere nächsten Schritte planen – du kannst dich darauf verlassen, sie werden wiederkommen. Und dann sollten wir besser darauf vorbereitet sein.«

Qorl fuhr die Antriebsaggregate der Station hoch, und die Schatten-Akademie begann ihre Reise in ein neues Versteck.

22

Jacen und Jaina drängten sich im Übertragungsbereich des Komzentrums in der Jedi-Akademie zusammen, als Han und Leia auf dem Monitor erschienen. Die Zwillinge riefen laut durcheinander, um ihre Eltern zu begrüßen.

Han Solo lachte erleichtert. »Sieht so aus, als müßte ich doch nicht mit dem *Falken* persönlich nach euch suchen!«

»Und ich muß nicht die ganze Neue Republik mobilisieren, um euch zu retten«, strahlte Leia. »Wir haben gestern Lukes Bericht erhalten. Die Scouts, die euch aufspüren sollten, suchen bereits nach der Schatten-Akademie.« Im Hintergrund brüllte Chewbacca Lowie etwas zu, der ebenfalls in der Wookiee-Sprache antwortete.

Im Komzentrum stand Luke Skywalker neben R2-D2 und ließ die aufgeregten jungen Jedi-Ritter erzählen. Jacen sprudelten die Worte nur so von den Lippen. »Lando Calrissian hat uns versichert, daß so etwas nie wieder passieren wird. Er arbeitet bereits mit seinem Assistenten Lobot daran, die Verteidigungsanlagen der Gemmentaucher-Station zu verbessern. Ich glaube, er will dafür sogar irgendwie Corusca-Gemmen benutzen.«

»Ja«, meldete sich Luke zu Wort, »aber ich bezweifle, daß die Schatten-Akademie versuchen wird, noch einmal neue Rekruten von hier zu entführen. Wir wissen jetzt, was Brakiss vorhat – ich schätze, er wird sich bald irgendwo anders nach potentiellen Dunklen Jedi umsehen.«

»Aber wir haben das beste Schiff der Schatten-Akademie mitgebracht«, sagte Jaina. »Und ihr solltet euch die Konstruktion mal ansehen. Alles auf dem neuesten Stand. Nicht zu vergleichen mit irgendeinem der Modelle in den Handbüchern, Vater!«

Luke legte ihr eine Hand auf die Schulter. »Wir müssen es der Neuen Republik anbieten, Jaina. Es gehört nicht uns ...«

»He, Luke«, unterbrach Han, »was hältst du davon, wenn ich dir ein paar Mechaniker schicke, die das Schiff mal gründlich unter die Lupe nehmen?«

Luke zuckte die Achseln. »Von mir aus. Aber ich habe hier auf Yavin 4 eine fähige Technikerin und einen Elektronikexperten zur Verfügung, die das Projekt gleich in Angriff nehmen könnten – nämlich Jaina und Lowie.«

Leia warf ihm ein strahlendes, warmes Lächeln zu. »In Ordnung, Luke. Wir schicken unsere Techniker, um das Schiff zu studieren, aber ihr behaltet es da. Benutze es, wenn du es brauchst. Du hast es dir mit der Rettung von Jacen, Jaina und Lowie verdient. Außerdem bist du ein wichtiger Bestandteil der Neuen Republik. Uns allen ist wohler, wenn wir wissen, daß du über ein sicheres, schnelles Schiff verfügst, wenn du durch die Galaxie kreuzt – und sag mir nicht, du hättest vergessen, wie man ein schnelles Schiff fliegt!«

Luke kicherte verlegen. »Nein, ich hab's nicht vergessen – aber ich denke, ein wenig Übung könnte mir nicht schaden.«

Jaina und Lowbacca saßen in ihrem Quartier und bastelten mit dem Holoprojektor an einem großen Schema ihres neuen Schiffs, der *Shadow Chaser*. Das Schema war nicht so exakt, wie es ihnen einmal mit Lowies T-23 Skyhopper gelungen war, aber es würde mit jedem weiteren Detail, das sie über das imperiale Schiff erfuhren, besser werden.

Lowie brüllte, als das Hologramm unscharf wurde.

»Master Lowbacca sagt, er hofft nichts inniger, als daß ein Komet in den Urlaubsort des Konstrukteurs einschlägt, der dieses Subsystem entworfen hat«, übersetzte MTD an Lowies Gürtelschnalle.

Lowie knurrte den miniaturisierten Übersetzer-Droiden an. MTD war vollständig von der verqueren Programmierung durch die Imperialen befreit worden, und der nervige kleine Droide befand sich wieder in seinem Normalzustand.

»Also, woher soll ich denn wissen, daß Sie etwas dagegen haben, wenn ich Wookiee-Schimpfwörter übersetze?« verteidigte sich der kleine Droide. »Obwohl Sie zugeben müssen, daß ich Ihre Gefühle gut wiedergegeben habe. Denken Sie nur mal an all die Idiome, die ich in einem einzigen ...«

Lowie schaltete MTD mit einem zufriedenen Grunzen aus.

Tenel Ka betrat das Komzentrum und fühlte sich angenehm ausgeruht. Keine Alpträume hatten sie seit ihrer Rückkehr auf Yavin 4 geplagt. Die Vorstellung, daß auf Dathomir ein neuer Orden der Schwestern der Nacht entstanden war, der sich mit dem Imperium verbündet hatte, bereitete ihr zwar einiges Unbehagen, aber wenigstens suchten sie nicht mehr ihre Träume heim.

Tenel Ka stellte eine Verbindung mit dem Königshof von

Hapes her; sie sprach mit ihren Eltern, versicherte ihnen, daß sie unverletzt war, und ließ dem Singing Mountain Clan Grüße ausrichten. Dann wappnete sie sich für ein Donnerwetter herrischer Befehle und bat, mit ihrer Großmutter, der Königlichen Matriarchin, sprechen zu dürfen.

Als auf dem Monitor das Gesicht ihrer Großmutter hinter dem üblichen Halbschleier erschien, war in ihren Augen ein Lächeln und etwas, das Tenel Ka nicht recht zu deuten wußte – Überraschung?

»Danke, daß du nicht vergessen hast, dich zu melden. Meine Informantinnen haben mir mitgeteilt, daß ich Grund habe, auf dich stolz zu sein«, sagte die Matriarchin offenbar aufrichtig erfreut. »Es tut mir leid, daß meine Abgesandte dich nicht besuchen konnte. Jetzt, fürchte ich, müssen wir das Treffen auf unbestimmte Zeit verschieben. Ich war gezwungen, Yfra auf eine dringende Mission in das Duros-System zu schicken.«

Tenel Ka fiel die Kinnlade herunter. Sie war viel zu perplex, um etwas erwidern zu können.

»Aber du wirst es einer besorgten Großmutter doch sicher verzeihen, wenn sie sich etwas überlegt, um aus der Ferne ein Auge auf ihre Enkelin zu haben, nicht wahr? Wie wär's mit ein oder zwei unauffälligen Beschützern in einem Nachbarsystem? Ich glaube, das wäre die beste Lösung für uns beide.«

Ihre Großmutter beugte sich vor, um die Verbindung zu unterbrechen, doch bevor sie es tat, flüsterte die Matriarchin noch etwas. »Außerdem hatte ich sowieso nicht den Eindruck, daß du übermäßig enttäuscht warst, die Gesandte Yfra nicht zu sehen.«

»Das ist eine Tatsache«, murmelte Tenel Ka. Und zum ersten Mal seit vielen Jahren stellte sie fest, daß sie mit ihrer Großmutter einer Meinung war.

Jacen stand auf dem Großen Tempel von Yavin 4 und wartete auf Master Skywalker. Nach dem morgendlichen Gewitter durchdrang orangefarbenes, von dem riesigen Gasplaneten reflektiertes Licht die grauen Wolken über ihm und säumte ihre Ränder mit einem warmen Glühen. Die leichte Brise bauschte sein Haar, und gelegentlich traf ihn ein Regentropfen.

Sosehr ihm die Rüge auch im Magen lag, die sein Onkel Luke ihm sicher erteilen würde, war Jacen doch froh, wieder auf dem Dschungelplaneten zu sein. Am Tag nach ihrer Rückkehr aus der Schatten-Akademie hatte der Jedi-Meister bereits unter vier Augen mit Jaina und mit Lowie geredet. Obwohl er nicht im mindesten wußte, was Luke ihnen gesagt hatte, waren beide hinterher sehr ruhig und verschlossen gewesen.

Und nun war er an der Reihe.

Jacen spürte Master Skywalkers Gegenwart, ohne hinzuschauen, als Luke schweigend an seine Seite trat. Eine ganze Zeit sagte keiner von ihnen ein Wort, als bestünde eine wortlose Übereinkunft. Nach und nach entspannte sich Jacen. Er war auf alles vorbereitet, was der Jedi-Meister ihm zu sagen hatte.

Auf fast alles.

»Nimm das hier«, sagte Luke und drückte ihm einen metallischen Stab in die Hände. »Zeig mir, was du gelernt hast.«

Fassungslos sah Jacen auf das Lichtschwert. Die Waffe war schwer und solide, ihr Griff warm wie seine eigene Haut. Er wog sie in der Hand, betastete sie, fuhr mit den Fingern über die Rillen des Griffs bis zum Einschaltknopf. Das alles mit geschlossenen Augen. In Gedanken hörte er schon das Summen des Lichtschwerts, spürte er seinen pulsierenden Rhythmus, wenn es die Luft zerteilte ...

Jacen öffnete die Augen und zog die Schultern zusammen. »Ich habe eines gelernt«, sagte er und gab dem Jedi-Meister das Lichtschwert zurück, ohne es zu aktivieren. »Du hattest recht: Ich bin noch nicht soweit. Die Waffe eines Jedi sollte nicht leichtfertig in die Hand genommen werden.«

»Dennoch hast du gelernt, mit ihr umzugehen. Hat Brakiss dir das beigebracht?«

Jacen nickte. »Körperlich bin ich dazu in der Lage. Ich weiß, wie man damit gegen einen Gegner kämpft – aber ich bin mir nicht sicher, ob ich geistig bereit bin. Vielleicht bin ich emotional noch nicht reif genug dafür.«

»Hat dir das Kämpfen nicht so viel Freude bereitet, wie du erwartet hast?« Luke hob die Augenbrauen.

»Ja. Nein. Nun ja, ich habe einiges gelernt ... Ich bin mir nur nicht sicher, ob es die richtigen Dinge waren. Ein Lichtschwert ist nicht einfach ein tolles Spielzeug, mit dem man seine Freunde beeindrucken kann. Es bedeutet eine große Verantwortung. Ein Fehler könnte einen Unschuldigen das Leben kosten.«

Luke nickte, und seine blauen Augen funkelten verständnisvoll. »Manchmal kommt einem die Verantwortung zu groß vor, selbst mir. Aber die Macht führt uns die Hand, wenn wir kämpfen. Sie zeigt uns nicht bloß, wie wir unsere Feinde besiegen – sondern läßt uns auch wissen, wenn wir sie *nicht* besiegen sollten.«

Ihre Blicke begegneten sich. »Selbst wenn unsere Feinde Böses tun oder lehren?« fragte Jacen.

Luke Skywalkers Blick wich ihm nicht aus. »Niemand ist vollkommen böse. Oder vollkommen gut.« Ihm trat ein wehmütiges Lächeln auf die Lippen. »Zumindest niemand, den *ich* kennengelernt habe.«

»Aber Brakiss ...«, protestierte Jacen.

»Brakiss gibt die Lehre der dunklen Seite an seine Studenten weiter. Du warst bei seinem Unterricht dabei. Aber ein Lehrer hat nicht immer recht. Und weil du deinen eigenen

Kopf benutzt hast, wußtest du, daß du ihm nicht glauben durftest.« Master Skywalker nickte anerkennend.

Jacen dachte darüber nach. »Brakiss hat mir erlaubt, was ich mir mehr als alles andere wünschte: Er ließ mich mit einem Lichtschwert üben. Aber ich konnte ihm nicht vertrauen. Er hat gehofft, mich zur dunklen Seite zu bekehren, mich für das Imperium zu gewinnen. Doch ich vertraue *Dir*. Du hattest recht mit dem Lichtschwert, und ich werde warten, bis du glaubst, daß ich dafür bereit bin.«

Luke blickte zu den Wolken empor, die inzwischen aufgerissen waren und immer mehr Sonnenlicht durchscheinen ließen. »Angesichts der Schatten-Akademie dort draußen und der Dunklen Jedi, die Brakiss ausbildet, wird es, fürchte ich, schon bald soweit sein.«

GOLDMANN

Der phantastische Verlag

Es war einmal vor langer Zeit in einer weit, weit entfernten Galaxis. Die Star-Wars-Weltbestseller von Timothy Zahn – große Abenteuer um den heldenhaften Kampf der letzten Rebellen gegen das übermächtige Imperium.

Erben des Imperiums   41334

Die dunkle Seite der Macht   42183

Das letzte Kommando   42415

Goldmann · Der Taschenbuch-Verlag

GOLDMANN

Der phantastische Verlag

Es war einmal vor langer Zeit in einer weit, weit entfernten Galaxis. Der Kampf gegen das Imperium geht weiter – mit waghalsigen Abenteuern, atemberaubender Spannung und den legendären Helden aus Krieg der Sterne.

Die Star-Wars-Saga 1–3   23743

X-Wing – Angriff auf Coruscant   43158

Lando Calrissian   23684

Sturm über Tatooine   43599

Goldmann · Der Taschenbuch-Verlag

GOLDMANN

Der phantastische Verlag

Literatur für das nächste Jahrtausend. Romane, wie sie rasanter, origineller und herausfordernder nicht sein können. Autoren, die das Bild der modernen Science-fiction für immer verändern werden.

Snow Crash   23686

Diamond Age   41585

Schattenklänge   23695

Satori City   23691

Goldmann · Der Taschenbuch-Verlag

GOLDMANN

Der phantastische Verlag

*Eine Raumstation im Zentrum des Sonnensystems.
Babylon 5 – die atemberaubend packenden Romane zur
Science-fiction-Kultserie.*

Tödliche Gedanken   25013

Im Kreuzfeuer   25014

Blutschwur   25015

Goldmann · Der Taschenbuch-Verlag

GOLDMANN

Der phantastische Verlag

Die Sten-Chroniken – der Welterfolg von Allan Cole und Chris Bunch, den Schöpfern der »Fernen Königreiche«.

Stern der Rebellen　　25000

Kreuzfeuer　　25001

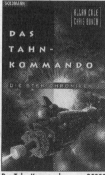

Das Tahn-Kommando　　25002

Division der Verlorenen　　25003

Goldmann · Der Taschenbuch-Verlag

GOLDMANN

*Das Gesamtverzeichnis aller lieferbaren Titel erhalten Sie
im Buchhandel oder direkt beim Verlag.*

Taschenbuch-Bestseller zu Taschenbuchpreisen
– Monat für Monat interessante und fesselnde Titel –

✳

Literatur deutschsprachiger und internationaler Autoren

✳

Unterhaltung, Thriller, Historische Romane
und Anthologien

✳

Aktuelle Sachbücher, Ratgeber, Handbücher
und Nachschlagewerke

✳

Esoterik, Persönliches Wachstum und
Ganzheitliches Heilen

✳

Krimis, Science-Fiction und Fantasy-Literatur

✳

Klassiker mit Anmerkungen, Autoreneditionen
und Werkausgaben

✳

Kalender, Kriminalhörspielkassetten und
Popbiographien

Die ganze Welt des Taschenbuchs

Goldmann Verlag · Neumarkter Str. 18 · 81673 München

Bitte senden Sie mir das neue kostenlose Gesamtverzeichnis

Name: _____

Straße: _____

PLZ / Ort: _____